2

# やり直し悪徳領主は反省しない！

The redoing evil lord is not sorry!

桜生懐　画｜へりがる

# CHARACTERS キャラクター紹介

## フラッド・ユーノ・フォーカス

二周目の人生を歩む元悪徳領主。辺境伯に出世したが、ベルクラントでまたも破滅の危機!?　容姿だけは美男子のアホ貴族だが、窮地では頭が回る

## エトナ

フラッドの専属従者。主人へは辛辣だが、ともに処刑されるほど絆は強い。孤児出身という共通点を持つアリスに、母性あふれる優しさを見せる

## ディー

ドラクマの魔獣王であり、フラッドの使い魔。本来は巨体だが、普段は魔法で小さくなっている。ベルクラントの魔獣王とも意思を疎通できる

## アリス・クロムウェル五世

ベルクラントの幼女教皇。聡明だが、気を許した者には年相応の顔も見せる。命を代償に奇跡を起こす固有魔法【殉教】の力を持つ

## リンドウ・サオトメ

アシハラ大陸出身の侍少女。流浪の末たどり着いた先でフラッドに助けられ、忠誠を誓う。早乙女流太刀術の達人で戦場では一騎当千

## カリギュラ・マルハレータ・ビザンツ

王国と敵対するビザンツ帝国の皇女で、『業火の魔女』の異名をとる。気骨ある者を好み、勇敢な男と勘違いしてフラッドに一目置く

アルビオン宮殿
大浴場にて

「流石は宮殿の大浴場。
いいお湯ですね……」

フラッドの髪色が金から白銀へと変わり、
深紅の瞳は炯々と輝きをまし、
全身が純白の魔力に包まれる——

「フラッド様……？」

The redoing
evil lord
is not sorry!
「どうしてこうなった……？」
人ではどうしようもできない災害を前
教皇は自らの身を犠牲にする魔法を発
魔力災害は終息するも、教
そして、何故かフラッドは
その魔力災害を引き起こ
教皇を殉死させた大罪
されてしまってい
に隣接したフ
ントの強い要
使者としてベル
がベルクラント
という魔力災
神聖ベルクラント教国——
大陸中央にある全サク＝シャ教徒を統治する宗教都市国家であり、
唯一神サク＝シャより聖座を神授された教皇が宗教的指導者として統治

# やり直し悪徳領主は反省しない！2

桜生 懐

ファンタジア文庫

3412

口絵・本文イラスト　へりがる

# CONTENTS

# プロローグ

「どうしてこうなった……？」

城壁の上でフラッドは絶望に顔を歪《ゆが》めていた。

領都アイオリスは、三十万を号する大軍に完全包囲されており、対するフラッドたちには数千の兵しかいなかった。

「大逆者フラッドを殺せ‼」「教皇猊下《げいか》の仇《かたき》‼」「背信者‼」

アイオリスを包囲している装備や格好もさまざまな兵士たちが叫ぶ。

ある者は粗末なボロ着に棍棒《こんぼう》、ある者はフルプレートアーマーにランスと、統一性のない兵たちではあるが、唯一共通しているのは皆サク＝シャ教徒であることを示す桜の花びらを模《かたど》った首飾り、桜大字《さくらだいじ》を身につけていることであった。

「だから冤罪《えんざい》だ！　俺は魔力災害なんて引き起こしてない‼」

「黙れ異端者‼」「子供殺し‼」「背教者‼」

フラッドの叫びも怒号にかき消される。

「ま、聞く耳持つ相手なら、こんなことにはなっていませんよ」

涼しげな顔でエトナが応える。

「エトナ……」

【どうしようもないが、私たちは主《あるじ》が無罪だと知っている。それで十分だろう】

「ディー……そうだな。思えば、ベルクラントへ行ったのが全ての間違いだったな……」


神聖ベルクラント教国——

大陸中央にある全サク＝シャ教徒を統治する宗教都市国家であり、唯一神サク＝シャより聖座を神授された教皇が宗教的指導者として統治している。

国名のベルクラントは聖典の中でサク＝シャが創造したとされる、純白の唯一女神が生まれ育った聖地の名からとっている。

独自の軍隊を持たないが、異端や異教徒、サク＝シャ教の敵に対してサク＝シャ軍という討伐軍を招集することができる。

辺境伯に陞爵《しょうしゃく》したフラッドは、ベルクラントの強い要望で友好の使者として赴くこととなった。

フラッドがベルクラントへ滞在しているときに魔力竜巻という魔力災害が発生する。人ではどうしようもできない災害を前に、教皇は自らの身を犠牲にする魔法を発動させて魔力災害は終息するも、教皇は殉死する。

そして、何故《なぜ》かフラッドはその魔力災害を引き起こし、教皇を殉死させた大罪人にされてしまっていた。

「なんとか追っ手を撒《ま》いて逃げてきた挙句がこれか……」

ベルクラントから王国まで命からがら逃げ帰ったものの、サク＝シャ軍が招集され、今まさにその攻撃を受けていた。

「行かなかったら行かなかったで問題だったので、難しいところですね」

【そうだな。こういう物事はよく一つの結末に収束するものだ。行かなくても同じような展開になったんじゃないか？】

二人の言葉にフラッドは頷《うなず》いた。

「そうだな。そう思うしかないだろう。というか、だんだん腹が立ってきた……！　冤罪もいいとこだし、そんなでっち上げに踊らされているサク＝シャ軍のバカ共にも腹が立つ……！　おいお前ら‼」

城壁から身を乗り出したフラッドがサク＝シャ軍に向けて声を張り上げる。

「俺が本当に天災を引き起こしたと思っているのか⁉」

「当たり前だ‼」「お前以外誰がいる‼」「開き直るな‼」

「よく考えてみてくれ‼　おかしいと思わないか⁉　天災を引き起こして俺が得られるものはなにもないんだぞ⁉　動機も理由も‼　そもそもただの人間が天災なんて引き起こせるワケがないだろう⁈」

「じゃあなんで殺したんだ‼」「事実は変えられないぞ‼」「卑怯者《ひきょうもの》‼」

だが返ってきたのは罵声だけだった。

「なんてことだ‼　三十万人もいながらバカしか集まらなかったのか⁉　よく聞け‼　お前たちの中で一人でもいい、俺が天災を引き起こす理由や動機や方法を論理的に説明できる者はいるか⁉　いるなら出てこい‼　その説明に納得したなら俺は戦うまでもなくお前たちに投降しよう‼　頼むから一度よく考えてみてくれ、おかしいだろう⁈」

「死ねー‼」「クズー‼」「ボケェー‼」

「ダメだ‼　俺よりもバカしかいない‼」

サク＝シャ軍の頭の悪さに絶望するフラッド。

「世も末ですね」

「まったくだ‼　だいたいなんでいつもいつも天災が起こると俺のせいにされるんだ⁈」

理知的な相手ならまだしも、バカ（しかも自分より）の群れ三十万にやられるのかと思うとやり切れない気持ちになるフラッド。

「全然納得できん……！　とはいえ……完全な孤立無縁……！　もうおしまいなのか……？　こんなの、こんなのにやられるのか……??」

ドラクマ国王もフラッドに同情的ではあったが、フラッドの嫌疑が晴れていない以上フラッドに肩入れすることはできず、下手をすれば王国が破門される危険性もあるためサク＝シャ軍を黙認していた。

「あれだけ苦労して前世での死因＋αを全て乗り越えたというのに……っ！」

「いえフラッド様、諦められるのはまだ早いです！」

今まで黙って控えていたカインが進み出た。

「カイン！」

「この拡張を終えたアイオリスの城壁があれば数ヶ月は持ち堪《こた》えられます！　その間に新教皇が即位し、フラッド様の冤罪が晴れれば助かる見込みは十分あります！　さらに、今王国宮廷ではフロレンシア殿下がフラッド様のために奔走なされておられます！　時間が経《た》つほどボクたちが有利になるのです！」

「しかし、いくらバカとはいえ三十万相手に数千だぞ……？　持ち堪えられるのか……？」

「三十万と言っても所詮は寄せ集め、烏合《うごう》の衆です。士気は高いでしょうが訓練された軍隊には及びません！　そもそも、三十万もの大軍を長期間維持できるほどの兵糧《ひょうろう》や兵站《へいたん》がベルクラントにはないのです！　こちらが耐えるだけで奴《やつ》らは勝手に崩壊するでしょう！」

カインの言葉に納得するフラッド。

「なっ、なるほど！　カインの言うとおりだ。絶望するにはまだ早かったな！」

「はい！」

「そう思ったら少しは心が楽になったぞ！　ははっ、はははははは！」

ドガァァアン――――‼

「うわぁ⁉　なにっ⁉」

突如鳴り響いた轟音《ごうおん》にフラッドたちが目を向けると、城壁の一部が完全に吹き飛ばされていた。

「なんだとぉっ⁉」

動揺する一同。

「これは、魔法……？　しかし、これだけの魔力を持つ魔法使いがサク＝シャ軍にいるなんて情報はなかったはず……？」

カインが呆然《ぼうぜん》とする。

「フラッド様‼　敵兵が城内になだれ込んできます‼　止められませぬ‼」

飛び込んできたゲラルトの言葉に絶望するフラッド。

「ああ……‼　終わりだっ‼　ディー‼　エトナを連れて逃げろ‼　カイン‼　サラと女中たちを連れて逃げろ‼　ゲラルトは俺と時間稼ぎだ‼」

フラッドは即座に剣を抜き叫んだ。

「なに言ってるんですかフラッド様、私は最後までお供しますよ！　ダメなら、一足先にあの世に行ってます！」

【私もだ。乗りかかった船というヤツだな】

「ボクも母さんも同じ思いですフラッド様！　生死を共にいたします！」

「この老骨もお供しますぞ！」

「ああ…………」

皆の言葉にフラッドは前世のときよりも一層後悔した。

自分のせいで、自分の大切な人が失われてしまう。

それはフラッドにとって自分が死ぬことよりも受け入れがたいことだった。

「ああ――――」

城内になだれ込んだサク＝シャ軍は、最後まで自分に付き従ってくれた領兵たちを蹂《じゅう》躙《りん》していく。

逃げられない。

逃がせない。

「嫌だ……こんな結末は……絶対に嫌だ‼　死なせたくない……死にたくない……‼　死にたくな――――い‼‼」

その叫び声と同時にフラッドの視界がブラックアウトした。

# 第一話「予知夢……？」

「はっ⁉」

フラッドが目を覚ますと、そこはフォーカス邸の自室であった。

「どっ、どういうことだ……っ？　今は……いつだ……？」

部屋を見回すも、壁掛け時計から今が深夜であることくらいしか分からない。

「いや、そんなことよりっ……！　エトナ……！　エトナァアアアア‼」

フラッドはベッドから飛び起き、ナイトキャップを落としながら寝間着のまま部屋を出てエトナの部屋へ走った。

「フラッド様！　どうされました⁉」

途中フラッドの叫び声を聞きつけたカインが衛兵と共に血相を変えて駆けつける。

「おおっ！　カイン無事だったか⁉」

フラッドに抱きしめられたカインが混乱する。

「えっ？　はいフラッド様！　賊ですか⁉」

「賊っ⁉　サク＝シャ軍はどうなった⁉」

「さ、サク＝シャ軍ですか……？　確か十年前に招集されたのが最後だったと記憶していますが……」

カインの反応からなんとなく今の状況を察するフラッド。

「ちなみに今日は何月何日だ⁉」

「も、もう日付が変わりましたので、二月一日です」

「なるほど……」

だとするなら、今はサク＝シャ軍どころか、ベルクラントへ行く前だと理解するフラッド。

「なるほどっ、すまないカイン。変な夢を見てな、少し頭が混乱していた。賊じゃない。騒がせてすまなかったな。ちょっとエトナに用があるだけだ」

ワシャワシャとカインの髪を撫《な》でるフラッド。

「はっ、はいっ！　安心しました！」

「起こしてすまない、戻ってゆっくり寝るといい。カインはまだまだ成長期なんだから夜《よ》更《ふ》かしは体によくない。あ、一応サラが無事か確認しておいてくれ、チュッ」

「はっ、えっ……あっ」

優しく額に口付けされ呆然とするカインをそのままにフラッドはエトナの部屋へ走った。

「入るぞ‼」

バァン――‼

「うわ、びっくりした。こんな真夜中に突然なんですかフラッド様」

起きてベッドの上で身を起こしていたエトナは、闖入《ちんにゅう》してきたフラッドを見ながらさして驚いているようにも見えない表情でそう口にした。

「エトナ……っ！」

フラッドはひしとエトナを抱きしめた。

「…………なんか既知感がある展開なんですが……。嫌な夢でも見ました？」

「嫌な夢を見たんだ！」

「…………やっぱり。ちなみにですが、私も見ましたよ」

「えっ？　エトナも……？」

【……それは、魔力災害発生の首謀者に仕立て上げられて、ここがサク＝シャ軍に攻め込まれる夢じゃないか？】

開けっ放しにしていた部屋のドアからディーが顔をのぞかせていた。

「ディー！　なぜそれを⁈」

「まさか、ディーも同じ夢を……？」

【の、ようだな――】

偶然ではない。二人と一匹は目と目で確認し、無言のまま頷《うなず》きあった。

「長くなりそうですね。お茶を淹《い》れてきます――」

そうしてフラッドとエトナとディーは腰を据えて話し始めた。

「お茶を淹れるついでに確認してきたんですが、カインさんが言ったとおり、今日は二月一日でした」

「つまり、ベルクラントからの使者が来る前、ということか」

「そうですね。夢のとおりなら、明日国王からの使者が来るはずです」

【だとするとあまり時間がないな、これからどうする？】

フラッドは頭の中である程度整理をつけてから口を開いた。

「まず、一つ確認しておきたいのは、エトナとディーも俺と同じ内容の夢……？　を見た。ということでいいんだよな？」

「そうですね」

【だな】

「そもそもあれは夢なのか……？　それとも前のときみたいに死に戻ったのか……？」

「うーん、難しいところですね。前と違って死んだワケじゃありませんし……」

「確かに……絶体絶命だったが死んではいなかったな……」

【まぁ、とりあえず予知夢的なものと仮定して話を進めよう】

ディーの提案に頷く二人。

「だな……。順を追ってみよう。まず、理由は分からないが、教皇に呼び出された俺は招聘《しょうへい》に応じてエトナとディーを連れてベルクラントに赴きあの幼女教皇に会った」

フラッドは顎に手を添えながら続ける。

「教皇があんな幼女とは思っていなかったからめちゃ驚いたな……。今でも信じられないくらいだ……」

現教皇アリス・クロムウェル五世は満六歳の幼女であった。

「アリスもディーも驚いたろう？　あんな子供が教皇なんて」

「いえ、常識なので知ってましたよ」

【私も知っていたぞ。主《あるじ》は魔獣よりもモノを知らんな】

「やっぱり知ってたってことにしといてくれない……？　ごほん、それよりも話の続きをしよう。俺はとにかく波風を立たせないようにしていた……」

ベルクラントでフラッドはとにかく失態を演じないようそつなく振舞って、必要がなければ基本用意された部屋に引きこもっていた。

「それで、魔力災害で教皇が殉教する事件が起きて、何故《なぜ》か俺が災害を引き起こした犯人にされて、命からがらベルクラントからここまで逃げ帰って……あの結末か……」

思い返して気が沈むフラッド。

エトナは紅茶にどぼどぼと砂糖と蜂蜜を入れてよくかき回し、フラッドに渡す。

「フラッド様は悪くありませんでしたよ。どうぞ」

「エトナ……。ありがとう。うん、甘くて美味《うま》い！」

【毎度毎度見てるだけで胸やけしそうだ……】

甘味料の暴力にディーが顔をしかめる。

「流石《さすが》に今回はフラッド様に落ち度はないんですけど、一応聞きますが……やり直しますか？」

「誰がやり直すか――――!!」

フラッドが叫んだ。

【言うと思ったぞ】

「いやいやいや、だって今回は俺完全に悪くないだろ⁉」

「最初に言ったじゃないですか。悪くないですよ？」

「だったらなにをやり直す必要があるというんだ⁉」

「え、だってあんな結末嫌じゃないですか？」

「嫌だよ⁉　絶対に嫌‼　というか前と違ってベルクラントの招聘に応じなかったらそれで終わりじゃない⁉　それだけで一発回避だろ⁉」

【確かに。ベルクラントに行かなければ、魔力災害が起こったところで犯人にされることはないな】

「だろ！　俺はやり直さないし反省しないし、隠居して平民になってスローライフを満喫するんだ‼」

「うーん……そうなんですけど……。そう上手《うま》くいきますかね……？」

エトナは顎に指を当てて考えるそぶりを見せる。

「どういうことだエトナ？」

「単純な話なんですけど、もしフラッド様がベルクラントに行かなくても、結局サク＝シャ軍の討伐対象にされる可能性もあるのかな。と」

「……え？」

【……どういうことだ？】

「いえ、断れるならそれに越したことはないんですけど、前回死に戻ったとき、フラッド様は前世での死因を全て解決して乗り越えましたよね？」

「ああ、そうだな」

「ディーを仲間にして、サラさんたちを救い出して、クランツを裁き、カインさんを引き取り、飢饉《ききん》対策をして、帝国の侵攻に勝利して」

【うむうむ】

「けど、今回ベルクラントへ行かないということは、なにも問題を解決しない。ということじゃないですか？　予知夢どおりなら多分災害が起きて教皇は殉教し、そうなると、結局何かしらの困難がフラッド様に降りかかるのかな。と」

エトナの言葉にフラッドは顔を青くさせる。

「え……？　じゃあ、ベルクラントまで行くのは既定路線で、俺が生き残るためには魔力災害とか教皇の殉教をさせないようにしなきゃいけない。ということか……？」

「断言はできませんけどね」

【ううむ……私は反対だな。わざわざ危険をおかして教皇たちを助ける義理も理由もないだろう。そもそもエトナの予想どおりになるとも限らんワケだしな】

「むむむ……。確かにあんな幼女が死んでしまうのはかわいそうだし、助けられるのなら助けてやりたくもあるが……。それとエトナと俺とディーやカインにサラに兵に領民……

俺を慕ってくれる皆の命は天秤《てんびん》にかけられんぞ……】

頭を押さえて唸《うな》るフラッド。

「まぁ、そう難しく考えず、断れそうなら断って、無理なら無理で対策を考えるようにしましょう」

【うむ、それが一番だろう】

「あ、ああ。そうだな。それにしても……死に戻りといい、この予知夢？　といい、いったいなんなんだ……？」

カップを置いたエトナがフラッドを見た。

「……これはあくまで仮説なのですが、もしかしたら、フラッド様の《生存本能》が関係しているかもしれません」

《生存本能》とはフラッドの魔法で、命に危険が迫った際に自動で発動し、魔力によって身体能力が強化され、命の危機への無力化が完了されるまで無意識のままに戦い続ける。という能力である。

【……なるほどな】

エトナの言わんとしていることを察して頷くディー。

「えっ？　俺の魔法って、死にそうになると強くなる。とかいうものじゃなかったっけ

「……？」

　フラッドはビザンツ帝国との戦いの後、自身の魔法についてエトナから詳しく説明されたが、いまいちよく分かっていなかった。

「そのとおりですが。もしかしたら、目の前の死からだけでなく、未来の死や、死の運命も回避する力があるのかもしれません。それがこの予知夢の正体なのでは？　ということです。それでも、私とディーまで予知夢を見た理由の説明にはなりませんが……」

【魔法は神の力、人知の及ばぬものだ。仕方あるまい】

「なるほどなぁ……。よく分からんが、あって悪い力じゃないよな？」

「ですね」

【だな】

「うん。ならよかった。ふぁ～……」

　一安心してあくびをするフラッドにエトナが微笑む。

「ふふっ、とりあえず寝ましょうか。正直、ディーが言ったとおり、魔法も予知夢もサク＝シャでもなければ分かりませんからね」

　サク＝シャとはこの世界《テラー》を創造した唯一神の名前である。

「確かにそうだな」

【うむ、とりあえず寝るとするか】

「明日の使者への対応は私たちで考えるよりも、カインさんに相談したほうがいいでしょう」

「確かにな。落ち着いたら眠くなってきた……」

フラッドは明日のことを考えながらベッドへ戻った。

# 第二話「結局王都へ」

翌朝、フラッドは朝食を食べていた。

「今日は新メニューのジャガサラダです」

「ほう、ジャガサラダとな？」

給仕《きゅうじ》を務めるサラがジャガサラダの載った皿を置いた。

「これは潰してあるのか？」

「はい。茹《ゆ》でたジャガイモの皮を剝《む》いて潰し、にんじんやきゅうりといった野菜と混ぜ、マヨネーズとドレッシングや香辛料で味を付けたものとなります」

「うむ、美味い！　野菜は嫌いだがこれならいくらでも食べられるぞ！　やはりウチの料理長は天才だ……！」

「ふふふ、料理長も喜びますよ。失礼しますね」

「んー」

微笑《ほほえ》みながらフラッドの頬についた食べカスを拭うサラ。

「ところでエトナはなにをしているんだ？」

「なにやら荷造りしているみたいです」

「失敗前提?!」

「失敗前提？」

「……いやなんでもない。それよりも、カインとはちゃんと親子の時間を作れているか？」

「はいフラッド様。この前は二人で街を散策し、カインに香水や美味《おい》しいものを色々買ってもらいました」

「うん、それならいい。サラとカインは酷《ひど》い運命のせいで引き離されていたからな。たくさんその埋め合わせをするんだぞ！　二人が幸せなら俺も幸せだ！」

フラッドの言葉にサラの瞳が潤んだ。

「……フラッド様は、私が子離れできないダメな親、カインが親離れできないダメな子、とは思われないのですか？」

サラの言葉にフラッドはジャガサラダを食べる手を止め、サラを見て笑った。

「ははっ、意味が分からんな！　親が子を想《おも》い、子が親を想うことのなにが悪い？　素晴らしい親子愛じゃないか！」

「フラッド様……。ですが……世間はそう思わない方のほうが多いのです。自立できていないから親から離れられない……と」

サラの言葉をフラッドは一蹴する。

「実に下らん！　孝行息子は称されることはあれ、批判されるようなことは一切ない！　俺は両親を愛していないし愛されていなかったし、互いにどうでもいい存在だと思っていた。悲しい関係だ。だからこそ、サラとカインの関係が俺は羨ましいし、美しいと思う。だから気にするなサラ！　お前もカインも美しい！」

「フラッド様……ありがとうございます……」

サラはにじむ涙を堪《こら》えながら頭を下げた。

「フラッド様、国王陛下から命書が届きました！」

そこへカインが登場する。

「やはり来たか……」

フラッドは使いから命書を受け取ると、カインを伴って自室へ入り、封蝋《ふうろう》を外して中に目を通しカインに渡した。

「ベルクラントのことで辺境伯に頼みたいことがある。すみやかに王都へ参られたし。ですか……」

読み終えたカインが命書を机の上に置く。

「カイン、正直に言うと俺は王都に行きたくないし、ベルクラントの要件とやらも受けたくないんだ。どうすればいいと思う？　そもそも可能か？」

フラッドの言葉にカインは眉根を寄せてしばらく考え込み、口を開いた。

「できなくはない……。というところでしょうか……」

「逆を言えば、受けたほうがいいということか……」

「はい……。普通の書簡ではなく、命書が届けられた時点で陛下のご意向は明白です。さらにベルクラントも関わっているなら、よほどの理由がない限り、お受けしたほうがフラッド様のためかと……」

「ううむ……だが、それでも行きたくないんだ」

「理由をお聞きしても……？」

「なんだかすごく嫌な予感がするんだ」

流石《さすが》に「予知夢が……」と言えないフラッドは言葉を濁した。

「うーん……それですと……いえ、フラッド様の直感ですから……受けないほうが絶対にいいはず……」

明晰《めいせき》な頭脳を持つカインも難題に頭を悩ませる。

「そうだ！　病気になったということにするのはどうだろう？」

「確かによくある手ではありますが……。フラッド様の場合ですと難しいかと……」

「？　どうして俺だとダメなんだ？」

「もしフラッド様がご病気とお聞きになられたら、フロレンシア殿下が治療しにいらっしゃる可能性が非常に高いのです」

「あ……そう、だな……」

確かに。と、納得するフラッドの脳内でフロレンシアが「フラッド～」と満面の笑みを浮かべている。

「仮病だと発覚した場合、フロレンシア殿下はフラッド様に味方してくださいますでしょうが、陛下や他の貴族はそうは思わないでしょう。不和や不信感の種となりますし、政敵にはフラッド様を攻撃する絶好の口実となります。もし仮病だと発覚しなかった場合でも、殿下の魔法で病は治ったのだから。と、改めてベルクラントの要件を任されることになるかと……」

「それは困るな（爵位はく奪なら喜んで受け入れるが、罰を科されかねないのは絶対にごめんだ）……」

「もっと言いますと、ベルクラントを敵に回すようなことは、絶対に避けたほうがよろしいかと」

「ああ。それは身に染《し》みてよく分かってる……」

ベルクラントを敵に回すことは全サク＝シャ教徒を敵に回すことであり、そうなればこの世界《テラー》で生きることは至極困難となる。

「唯一とおりそうなのは、精神的な病になった。と、することです」

「肉体の病と何が違うんだ？」

「殿下の魔法は傷や腫瘍といった肉体の病なら全て癒《いや》すことができますが、精神的な病までは癒せないのです」

「おおっそれはいいな！　それでいこう！」

「しかし……その場合、フラッド様には精神を病まれた演技をかなりの期間続けてもらうことになりますが……可能でしょうか？」

「？　調子悪そうにしていればいいんだろう？　簡単じゃないか」

「具体的には……そうですね、おやつも含めた毎日の食事量を減らし、外出もしないでいただき、できれば屋敷《やしき》の自室の中で過ごしていただくことになります」

「……えっ？　屋敷の中でも？　おやつ減らす理由はなんで……??」

「この屋敷やフォーカス領は徹底的な情報統制を敷いていますが、それも完全ではありりません。どこでどう情報が洩《も》れるか分かりませんので……。もし仮病とばれた場合の危険性は、ご説明しましたとおりです」

「………ダメだな」

予知夢のとおりなら、今から三ヶ月後に魔力災害が起こったため、それまで仮病を続ければいいのだが、自分の拙い演技力で三ヶ月間も周囲を騙《だま》しきれるワケがないと悟ったフラッドは首を横に振った。

「カイン……支度を頼む。おそらくだが、断りきれなかったら、王都からそのままベルクラントへ直行することになるだろう。だから、俺がいない間はカインに全権を委任する。辺境伯代理として上手《うま》いことやってくれ」

「は……はいっ！　この命に代えましても！」

「そう気負わなくていい。俺がいないほうがむしろスムーズだろう」

そもそも今の時点でフォーカス領を運営しているのは、カインとカインが組織した優秀な官僚機構であり、フラッドは上がった書類に判子を押すくらいしかしていないのである。

「そっ、そのようなことはありません！　フラッド様あってのフォーカス領、ボクたちなのですから！」

「ありがとうカイン。嬉《うれ》しいぞ」

カインの頭を撫《な》でたフラッドは、エトナとディーにダメだったと告げるため部屋を出た。

王都へ向かう馬車の中――

「で、結局受けることにしたんですね」

【まぁ、こうなるとは思っていたぞ】

予知夢の時と同じく、留守はカインとゲラルトに任せ、フラッドはエトナとディーを連れて王都へ向かっていた。

本当ならカインもゲラルトも連れて行きたかったが、カイン以外で領地を任せられる者はおらず、ゲラルト以外に領軍を任せられる者はいなかった。

「いや、まだ断ることはできる！　帝国との戦で傷ついた領内の復興が終わらぬ内は離れたくない。という理由がある！」

諦めたくないフラッドが首を横に振る。

「無理でしょう。理由が弱すぎますよ」

「弱いかぁ」

「確かに帝国との戦で多くの死傷者は出ましたが、戦闘地域になったのはチャラカ平原付近の街や集落の少ない場所でしたし、有能と知られるカイン様がいれば十分で、フラッド様が直々に音頭《おんど》を取ってまで、復興しなければならないほど壊滅的な被害を受けた地域はないですからね」

【今更だが、仮病ではダメだったのか？　皆の命がかかってるのだ、無理を通してでも演技をしようとは思わなかったのか？】

「ディーはフラッド様の演技を見たことがないから、そんなことが言えるんですよ」

【そんなに酷いのか？】

エトナが無言で頷《うなず》く。

「え？　そんなに酷くはないと思うよ……？」

心外だ。という顔をするフラッド。

「いえ、酷いです。フラッド様は本当の窮地にでもならないと演技力を発揮できないんです」

【そこまで言われると気になってきた。主《あるじ》よ、ちょっと腹痛の演技をしてはくれないか？】

「仕方ないな。んっ、んんっ！　アッオナカガ―、イタイ、メチャイタイヨ……！」

腹を押さえて蹲《うずくま》り腹痛の演技をするフラッドを、ディーは信じられないものを見る目で見つめていた。

【…………ワザとか？】

「これがマジなんですよ」

【すまなかった主よ、主の判断は正しかった】

「ｳｯ、ﾎﾝﾄﾆ、ﾎﾝﾄﾆｲﾀｲﾝﾀﾞﾖｵ……ｯｰ」

【うん。もういい。本気でやめてくれ。手が出てしまいそうだ……】

演技をやめたフラッドは釈然としない表情を浮かべる。

「いや、別に俺だって自分の演技が上手いとは思ってないよ？　そこまで酷評されるほどとも思ってないけどね？　仮病を選ばなかった理由はもっと大きな観点から見た場合の判断だからね？」

「どういう観点ですか？」

「仮病がバレたときの未知の危険性と、一応はどんな問題が発生するか予習できているベルクラント問題に取り組むのと、どちらが成功する確率が高いか、不測の事態が多いのはどちらか？　そう考えたら結局こうなったんだ」

　頷くディー。

【まぁ……確かにそうだな。今回失敗した場合、やり直せる確証などどこにもないからな。ベルクラントに行かなかったことで、新たな問題が発生する可能性は否定できんか】

「私もフラッド様の考えに同意ですね。もし失敗してまたベルクラントから追われることになっても、領地に帰らなければサク＝シャ軍を招集されることはないでしょうし」

エトナはキャラメルを一粒取り出すと包みを解いて、フラッドの口へ差し出した。

「あむっ」

【なるほど、私たちだけで逃げればカインやサラたちは助かるワケか】

ディーもフラッドたちを見捨てて魔獣領に戻れば狙われることもなく助かるのだが、それを選ばない、選ぼうとも思わないところが健気《けなげ》であった。

フラッドはキャラメルを味わいつつ頷く。

「んぐんぐ。だが、俺はまだ諦めてはいないからな。陛下にお会いしたとき、全力で頭を使って断ろうと思ってる」

「頑張ってください」

【陰ながら応援しているぞ】

「おう！」

# 第三話「国王とフロレンシア」

王宮・王の執務室――

「陛下、フラッド・ユーノ・フォーカス、参上いたしました」

「よく来てくれたフォーカス卿《きょう》。戦後の復興が大変な中、最短とも言える早さで王命に応じてくれたこと、余は心より嬉しく思う」

略式礼を取るフラッドに国王アレウス五世が柔らかく応える。

エトナとディーは用意された客室で控えている。

「陛下のためとあらば、どのような状況であろうとすぐさま駆けつけましょう」

「それは嬉しいな」

アレウス五世はにこやかに微笑《ほほえ》んだ後、真剣な顔付きになる。

「命書にも認《したた》めたとおり、ベルクラントから打診があったのだ。卿をベルクラントに派遣して欲しい。と。表向きの理由は友好の使者でも大使でも特使でも、卿が来てくれるなら好きにしてかまわないということだ。それと、ベルクラントでの卿の待遇は国賓扱いとなるそうだ」

「それは……よほどですね……」

宗教的絶対権威であるベルクラントは、基本的に政治的な事情で他国へ下手に出ることや忖度《そんたく》することはない。

そのため、フラッドの来訪を熱望するのは宗教的理由ということになる。

「ですが陛下、私は生まれてこの方、儀礼的な場以外でベルクラントやベルクラントの関係者と関わりはありません。なので、そこまで求められる理由が分かりません」

予知夢ではよく聞かず二つ返事したフラッドは、自分がどのような理由でベルクラントに呼ばれたのか知らなかった。

「すまぬが余も詳細は分からぬのだ。ベルクラントの特使曰《いわ》く、神託に卿が関係している。神託の内容は卿に会った際に直接伝える。としか話さなくてな」

「特使？　特使が来たのですか？」

「そうなのだ。大使ではなく特使だ。それも、其方《そなた》をベルクラントへ招聘《しょうへい》するという特命だ」

これは絶対に断れない。断ればメンツを潰されたベルクラントを敵に回しかねないことにもなり、家臣一つも御しえない。と、国王のメンツも潰すことにもなる。そうフラッドは理解した。

「しかし陛下……全てを理解しました上でも、私は今、領地を離れたくはありません――！」

だからこそフラッドは断る機会は今ここしかない！　と、跪《ひざまず》いた。

「フォーカス卿……どうしてだ？　ベルクラントにここまで熱望されることは、サク＝シャ教徒にとってこの上ない名誉であろう？」

フラッドは首を横に振る。

「陛下、私はサク＝シャ教徒である前に、ドラクマ王国の民、陛下の臣下であります！　我が領地は先の帝国との戦の傷跡が残ってございます。できるなら、私はベルクラントへ行くよりも、王国と陛下より賜った先祖代々の領地の復興をしたく思いますれば（絶対ベルクラント行きたくない。陛下お願いこの気持ち汲《く》み取ってなんとかしてなんでもしますからっ）――！」

「フォーカス卿……」

アレウス五世は感動していた。

サク＝シャ教徒にとってベルクラントに招かれることはこの上ない名誉。

特にフラッドは辺境伯に叙任されたことで（それも歴代最年少辺境伯）位人臣《くらいじんしん》を極め

たとも言える。

次に望むものがあるとするのなら、王国では与えられない世俗的ではない宗教的な栄誉・権威だろう。

だというのに、フラッドは王国のためにベルクラントの誘いを断ろうとしている。それは、王国や国王に対する最上級の忠誠の証《あかし》であると。

「……っ、フォーカス卿、卿の忠心はよく分かった――」

「陛下っ――」

見つめあう二人。

「フォーカス卿をベルクラントへの使者とする。卿には神の栄誉こそ相応《ふさわ》しい」

だが、フラッドの本意は全く伝わっていなかった。

「はっ……ははぁっ……！」

フラッドもここまで説得してダメでは、抗《あらが》うほど自分の立場が悪くなると理解し受け入れた。

「では、さっそくで悪いがベルクラントの特使と会ってもらおう。フロレンシア」

「はい陛下」

控えの間にいたフロレンシアが姿を現した。

白銀の髪に銀の瞳を持つ美しき次期女王。

心優しい高潔な性格に聡明《そうめい》さを持つ王国の至宝。

理想を求めながら現実の汚さを理解し受け入れ、必要とあらば腹芸や陰謀を用いる清濁併せ呑《の》む大器早成。

固有魔法の《治癒》はどのような病や傷も癒《いや》すドラクマの聖女。

それがフロレンシア・ドゥリンダナ・ドラクマであった。

「お久しぶりですわフラッド」

「殿下、お元気そうでなによりです」

フラッドがフロレンシアの右手の甲にキスをする。

「…………」

赤面し、頭が真っ白になるフロレンシア。

「んんっ、フロレンシア？」

アレウス五世の声にフロレンシアは我に返った。

「はっ……!? んん、少し取り乱してしまいましたわ、申し訳ありません。恥ずかしいですわ……」

「ふふっ、殿下の貴重なお姿を見ることができたのは幸運です」

「フラッド……」

裏のないフラッドの言葉に感じ入るフロレンシア。

「フロレンシアはベルクラントとの繋《つな》がりが深い。本来なら、卿の補佐として共にベルクラントへ行かせたかったのだが、そうもいかなくてな」

フロレンシアはこの後外遊が控えていたため、ベルクラントへ行くことはできなかった。

「今から特使と面会し、ベルクラントに向かうまでフラッドを補佐しますわ」

「それは心強い。よろしくお願いいたします――」


王宮・玉座の間――

「特使殿、この者がフォーカス辺境伯だ」

大臣や官僚が端に控え、国王とフロレンシアの前にフラッドとベルクラントの特使が立っていた。

「ありがとうございます陛下。お初にお目にかかりますフォーカス辺境伯。私は教皇猊下《げいか》付き侍女長、セレス・モルガーナ司祭です」

紫色のロングヘアーに、整った目鼻立ち、神官服の上からも分かるほど大きな胸を持つ特使は、フラッドへ柔和《にゅうわ》な笑みを浮かべた。

「お初にお目にかかります、モルガーナ特使。フラッド・ユーノ・フォーカス辺境伯です」

「早速本題に入ってしまい申し訳ないのですが、フォーカス辺境伯には是非ともベルクラントにおこしいただきたいのです。これは教皇猊下、枢機卿《すうききょう》一同、ベルクラントの総意なのです。無論、待遇は国賓となります」

特使の言葉に大臣や官僚たちが驚きの声を上げる。

「おお……」「これほどの名誉はないぞ……？」「信じられない――」

「そこまでしてフォーカス卿を求められる理由を、お聞きしてもよろしいでしょうか？」

フロレンシアの問いかけに特使が答える。

「はい。先日、神託が降《くだ》ったのです」

「内容をお聞きしてもよろしいでしょうか？」

人がサク＝シャから聖座（教皇位）を神授される際、二つの魔法が与えられ、その一つが《神託》である。

「はい。では一言一句違《たが》わずお伝えいたします」

特使が咳払《せきばら》いして居住まいを正し口を開いた。

「『ふらっど、べるくらんと、たすける！』です」

「えっ？」

大人びた美人から幼児のような口調で発せられた言葉に虚を突かれるフラッド。

国王や大臣たちは神託の内容に驚き声を上げる。

「まさかサク＝シャにすら認められているとは……」「いや、どの神の言葉かは明言されていない……！　純白の女神様かもしれんぞ！」「神託に個人の名が挙げられるとは……っ」

サク＝シャは純白の唯一女神を【自身よりも尊い存在】と明言しており、その尊すぎる御名《みな》を人が口にすることは禁忌とされていた。

（いままで興味なかったから知らなかったけど、神託ってこんなぼんやりした内容なの……？　というかこれ、期限の指定とかない？　なんかよく分からんけど助けなきゃ帰って来られないってこと……⁇）

混乱するフラッドに特使が続けた。

「これが、ベルクラントがフォーカス卿の来訪を望む理由です。陛下もご納得いただけましたでしょうか？」

「うむ」

「殿下もご理解いただけましたか？」

「はい。よく分かりました」

（マジでっ⁈）

あっさり納得する国王とフロレンシアにフラッドが困惑する。

「ではフォーカス卿《きょう》、ベルクラントに来ていただけますか？」

（やっぱ行きたくない……神託とかしらんし……陛下、殿下、なんとかして……）

チラッ。

フラッドは特使には答えず、ただなんとかしてもらいたい一心で助けを求めるようにアレウス五世を見た。

「「「‼‼」」」

その行動にアレウス五世やフロレンシアや大臣たちは雷に打たれたような思いだった。

（ここでフォーカス卿が陛下のご裁可も仰がず了承の返事をすることは、臣下の道に外れる行為――）

（陛下のご判断が全て。自分にとってはベルクラントも神も関係ない。そう態度で示しているのか……）

（だが、この場で、この状況で、浮かれもせず冷静に、同じ行動ができる者が王国に何人いるというのだ……？）

（フォーカス卿はまだ二十歳にも満たない若者、神託に名が挙がり、ベルクラントから特別扱いされていることに対し、鼻にかけ、調子に乗ってもおかしくはないというに……）

アレウス五世も感動に震え、持っていた王笏《おうしゃく》を落としかけるほどだった。

（フラッド……貴方《あなた》はどこまで……）

フロレンシアもフラッドの言外の忠節（勘違い）に言葉を失っていた。

「フォーカス卿、其方《そなた》は臣下の鑑《かがみ》だ。なればこそ、余は安心して卿を送り出すことができる。ベルクラントへ行くのだ」

声を震わせる国王に内心で首を傾《かし》げるフラッド。

「はっ！　陛下の御心《みこころ》のままに！　特使殿、お受けいたします（やっぱりダメだったか……でもなんで陛下や殿下は感動しているような表情なんだ……？）！」

フラッドは跪いてアレウス五世に応えた後、特使にそう答えた。

「ありがとうございますフォーカス卿。そして陛下。ドラクマ王国に神のご加護があらんことを。永遠の相《そう》の下に――」

特使が両手を組んで額に当て、祈りの結句を口にし、そうしてあれよあれよと話は進み、翌日には特使と共にベルクラントへ旅立つことになった。

王宮・客室——

「やっぱり断れなかったよ」

「でしょうね」

【だろうな】

「努力はしたよ！」

「実らず残念でしたね」

【これも運命か】

エトナはフラッドが着ていた礼服の上着を脱がしてハンガーにかけ、ディーはマスコット状態のまま器用に両手で持ったおしぼりをフラッドに渡した。

「ありがとう……二人の優しさが染《し》みるな……っ！」

フラッドは顔を拭いながらソファーに腰かけて、テーブルに置かれていた果実水を呷《あお》った。

「それで、どうなったんです？」

「ぷはー。とりあえずベルクラント行きは確定だ。しかも明日昼に特使と一緒に発つことになった。領地に帰る暇もない」

【予知夢のとおりだな……】

「いや、予知夢とは違うこともあるぞ！　ちゃんと神託の内容を聞いてきた！」

【それはよくやった主《あるじ》。どんな内容だったんだ？】

「よく聞け、『ふらっど、べるくらんと、たすける！』だ！」

「…………」

特使のマネをして幼児口調で神託の内容を話したフラッドの額に、無言でエトナが手を当てた。

「いや、エトナ。ホント、マジだからこれ、熱があるワケじゃないから」

【そうか……安心した。主がとうとう手遅れになってしまったと思ったぞ……】

「とうとう……？」

「神託の内容ってそんなんだったんですね。つまり、予知夢ではフラッド様がベルクラントを助けなかったから、こちらが滅ぼされたんですかね？」

「どうだろう？　そもそも予知夢のときの神託の内容知らないから、今と内容が同じとも限らんしなぁ？」

【教皇を助けることがベルクラントを助けることになる。なら分かりやすいな】

「確かに、教皇を殉教させず助ければいいワケだからな」

「そんな簡単にできたら苦労しないと思いますけど……」

フラッドの対面のソファーに腰かけたエトナが息を吐く。

【が、なにをするか決まらない、分からないよりはずっといいだろう】

ディーがカシューナッツを齧《かじ》りながら応えた。

「そうだなぁ。あとはとりあえず敬虔《けいけん》なサク＝シャ教徒のフリしておけば、最悪の事態になっても味方になってくれる人ができるんじゃない？」

「そんな単純な話じゃないと思いますけど……。でも、いい考えだとは思います。前回はほとんど客室にこもりっぱなしでしたからね。ベルクラント内部で積極的に味方をつけるように行動するのはとてもいいかと」

「つまりあれだな……。ベルクラントでも保身のために媚《こび》を売りまくろう作戦だ！」

「予知夢というアドバンテージもありますしね。全部が全部予知夢どおりになるとは限りませんが」

エトナが黙々とピスタチオの殻を割り、フラッドの手前にある皿に置く。

「ポリポリ……。保身に走って悪いことにはならないと経験から確認済みだからな！」

ピスタチオを食べながらフラッドが断言する。

【魔力災害を防ぐのは難しいが、その対策と教皇の殉教なら手を打てるだろう。大前提だが、他にも野盗問題とか色々あったからな】

「とにかく片っ端から解決していこう！　ひきこもっていても好転しないなら動くしかない！」

「そうですね。とりあえず行動方針はそんな感じで行きましょうか」

コンコンコンコン――

ノックにフラッドたちは姿勢や外面を整え返事をすると、フロレンシアが入室してきた。

「いかがしました殿下？」

神妙な顔でフロレンシアが応える。

「フラッド……。いくらベルクラントが宗教国家とはいえ、運営する者が人である以上様々な不測の事態が起こり得ましょう」

そう言ってフロレンシアが小さな絹製の袋をフラッドに渡す。

「これは……？」

「ドラクマに友好的なベルクラント神官たちのリストです」

「そっ、それは……っ！」

重要機密を託されたフラッドが動揺する。

「はい。ドラクマの国家機密です。フラッドなら上手《うま》く扱えると私は信じております。共にベルクラントへ行くことができない私からの、精いっぱいの援助です」

「殿下……」

感激したフラッドはフロレンシアを優しく抱きしめ、囁《ささや》いた。日頃カインにするような親愛と感謝の入り混じった下心なしの抱擁を。

「ありがとうフローラ……」

「…………きゅう――」

フロレンシアは恥ずかしさと嬉《うれ》しさが極まって気を失ってしまったのだった。

# 第四話「野盗退治と出会い」

馬車の中――

フラッドたちと特使は同じ馬車に乗りベルクラントへ向かっていた――

ベルクラントはドラクマ王国の隣国であり、王都から馬車で二週間もしないほどの距離にあった。

「今回は本当にありがとうございますフォーカス卿。ビザンツ帝国との戦の復興の最中というのに、ベルクラントの招聘《しょうへい》に応じてくださいまして、感謝の言葉もございません」

セレスが頭を下げる。

「いえ、全ては陛下のご意向です。感謝なら私ではなく陛下にお伝えください（だから俺がなにか粗相をしても俺じゃなく陛下に責任を求めて）」

「ふふっ、フォーカス卿はドラクマの国士無双と伺っておりましたが、どうやら本当のようですね」

「いえいえ、それは過大評価というものです……。ところで、ディーも一緒でよかったのですか？」

フラッドがチラリとディーを見る。

「はい。この世の全てはサク＝シャが創造された。空も大地も人も魔獣も。神の前では皆等しく尊いのです。それにディー様は現教皇猊下《げいか》と同じく女神の相《そう》をもってございます。それは畏敬の対象となることはあれ、蔑まれることは絶対にございません。そのような者がもしいるとするのならば、異端者か背教者くらいでしょう」

女神の相とは、純白の女神のように、雪のような純白の肌と髪に紅玉のような真紅の瞳を持つ者を指す。

「ベルクラントでは純白教徒も多いですので、女神の相を持ち、しかも人語を話せるディー様は神獣として畏敬されることでしょう」

【あまり見世物《みせもの》のようになるのは好きではないのだが……】

純白の女神や女神の使徒である【黄金の従者】と【翡翠《ひすい》の親友】を信奉する者は【純白教徒】と呼ばれる。ベルクラントという国名が、純白の女神が生まれ育ったとされる聖地の名からとられているように、純白教徒とサク＝シャ教徒は同一の信仰であり、矛盾するものではない。

「それは大丈夫です。ディー様はフォーカス卿《きょう》の使い魔ですので、フォーカス卿と同じく国賓待遇となります。もちろんエトナ様もです」

【ふむ、ならばいい】

「私のような一従者がベルクラントの国賓とは、畏れ多いことです……」

「そのようなことはございません。フォーカス卿の大切なお方は、ベルクラントにとっても大切なお方です。ですので、もし非礼なことをされたらすぐにおっしゃってください。その者にはキツいお説教が待っていますから」

「……ふふっ、ありがとうございます」

セレスの裏のない言葉にエトナが微笑を浮かべる。

「確かモルガーナ特使は教皇猊下付き侍女長、でしたか？」

「はいフォーカス卿。私のことはセレスとお呼びください」

セレスの要望にフラッドが頷《うなず》く。

「……ではセレス殿、純粋な疑問として、どうして教皇猊下付きの侍女長である貴女《あなた》が派遣されたのですか？　ベルクラントには外交官も多くいらっしゃるはずですが……」

「はい。それだけこちらが本気だ。と、示すためです」

「本気だと示すため？」

「ええ。今回の神託をベルクラントではかなり重く受け止めています。今も神学者たちがその解釈を巡って頭を悩ませているほどに。大げさでも誇張でもなく、フォーカス卿はベルクラントの救世主になる。もしくはそれに近い存在。というのが今のベルクラントにおけるフォーカス卿の認識です」

「そ、それはまた……」

思ったよりも重すぎる使命を課せられていたことに言葉が出ないフラッド。

「ですので、救世主をお迎えする者がただの外交官では失礼にあたる。と、教皇猊下直々に、もしくは教皇猊下に次ぐ位である大司教枢機卿《すうききょう》を派遣するべきか？　と、紛糾し、結果、自分で言うことではないのですが、教皇猊下の信任が厚い侍女長である私が教皇代理として使者に選ばれたのです」

「なるほど……そのようなことが（いやいや、俺の扱い重すぎないか……？　そんな期待されても困るだけなんだが……？）……」

自分がベルクラントを助ける、ましてや救世主になろうともなりたいとも思っていないフラッドが内心で頭を抱えた。

「しかし私はご期待されているような存在ではありませんよ……？　本音を吐露しますが、皆様の期待に応えられないことになってしまうことが恐ろしい、ただの小心者なのです」

フラッドの言葉にセレスは微笑で応える。

「フォーカス卿、謙遜でもない弱音を言える人は強いですよ。安心してください。神託は降《くだ》されたのです。卿は望む望まずにかかわらず、ベルクラントを助けることになるのです。そう神は宣《のたま》われていらっしゃるのです。ですから、気負わないでください。フォーカス卿はありのままで大丈夫です」

「は、はぁ……？」

神託、つまり神が言うとおりなら、自分はやる気の有無にかかわらずベルクラントを助けることとなる。セレスが言っていることは理解できたが納得はできないフラッドは曖昧な相づちしか打てなかった。

(フラッド様大変ですね……)

(思っていたよりも主《あるじ》の責任は重大だったのだな……)

黙って控えていたエトナとディーが心の中でそう思っていると、馬車が止まった。

フラッドたちが乗る馬車は前後をベルクラント衛兵が乗った馬車で厳重に守られている。

「なにがありました？」

「はっ！　巡礼者の馬車が野盗に襲われたようです！」

馬車の窓から顔を出したセレスが近衛兵《このえへい》から報告を受ける。

「なるほど……被害者は無事なのですか？」

「はっ！　女が何人か攫《さら》われたようです！」

「……いつのことか分かりますか？」

「今より少し前、少なくとも半刻《はんとき》は経《た》ってはいないだろう、とのことです！」

深く息を吐くセレス。

「これ予知夢であったよな……？」

フラッドの言葉にエトナとディーが頷く。

「はい。前はセレスさんの判断で私たちは放置して衛兵に任せたはずです……」

【主の行動で未来が変わるのではないか？】

「マジ？　なら、助けられるなら助けよう。どうなるか分からないが、見捨てるのはなんだか後味が悪いし……」

「フラッド様がそう思うなら、いいと思いますよ」

【うむ、やって後悔というヤツだな】

「フォーカス卿、申し訳ございません。問題が発生したようです」

「そのようですね」

フラッドが頷く。

「私の魔法なら、賊に連れ去られた巡礼者の場所を割り出せるかもしれません。そうなりますと、本来の予定が大幅に狂ってしまいますが……」

セレスが言い終える前にフラッドが応えていた。

「(やっぱり予知夢と展開が違う!)被害者の救出がなによりです! 予定? そんなものはあくまで予定でしかありません。セレス殿は、どうか攫われた巡礼者の救出を第一に考えてください! それに私たちの力が必要なら遠慮なくおっしゃってください! いくらでも協力いたします!」

予知夢だとセレスはフラッドにどうするか聞くこともなく、全てを衛兵に任せていたはずだったが、ディーの言うように未来が変わったようだ。なら、助けられるのなら助けよう! と、フラッドは力強く頷いた。

「フォーカス卿……!」

フラッドの言葉に感動するセレス。

「では、お言葉に甘えさせていただきます……!」

セレスはフラッドたちと馬車から降り、襲撃された地点に残る血痕を触った。

「……これなら、後を追えますっ」

「どうするのです?」

フラッドの疑問にセレスが答える。

「私の魔法は自身を液体化することができるのです。同時に、血痕や体液など、まだ乾ききっていないものがあれば追跡もできます」

言うが早いか、セレスは詠唱を始めた。

「神よ……。原初の姿にこの身を戻し給《たま》え……。上善は水の如《ごと》し……。永遠の相の下に——」

魔力に包まれたセレスは、着ていた神官服だけ残して液体となり、地面に落ちて水たまりを一瞬作ると蒸発するようにそのまま消えてしまった。

「えっ？　どうなったの……？」

「地中から血痕を追って野盗の居場所を突き止めていらっしゃるのでしょう！」

「なるほど！」

近衛兵の言葉に納得するフラッド。

しばらくするとフラッドの足元に水たまりができた。

【戻りましたフォーカス卿。少し、こちらから目を背けていただきたく思います……】

「？　分かりました」

水《みず》たまりから響くセレスの声に応え後ろを向くフラッド。

フラッドや衛兵が後ろを向くと、液体から実体化した全裸のセレスが姿を現した。

色白の肌に、形の良い張りのある大きな胸と尻、くびれた腰、良く肉付いた太ももが露《あらわ》になる。

「おおっ」

【これはこれは……】

待機していた女神官がセレスに上着をかける。

「それで……賊はいましたか？」

エトナから良いと言われて振り向いたフラッド。何故《なぜ》セレスが半裸なのか気になったが、空気を読んでスルーする。

「はい……。巡礼者の女性四人が捕らえられていました。賊の数は二十人ほどです」

「分隊というところでしょうが、多すぎますな……」

「ですね」

衛兵の言葉にセレスが頷く。

「どうしましょう？　重装の我々が動けば察されてしまうと思いますが……」

【仕方ない。私と主が行こう】

「えっ⁈」

ディーの申し出に驚愕《きょうがく》するセレスと衛兵と特にフラッド。

「しっ、しかし、フォーカス卿《きょう》とディー様といえども……二十人相手に二人では無謀かと……」

【賊は私と主で倒す。二十人程度なら物の数ではない】

実際野盗二十人程度ならディーだけでも十分であった。が、フラッドに花を持たせてやりたい。というディーなりの親心（使い魔心）だった。

「いえ、もしフォーカス卿になにかあれば……！」

【これも全て神の思し召《おぼめ》しだろう？　もし主がここで果てる運命ならば神託に名が挙がるはずがない。違うか？】

「そっ……！　それはそうかもしれませんが……！」

【案ずるな、主は一騎当千とうたわれたビザンツ帝国のヴォルマルク皇子に一騎打ちで完勝した男だぞ？】

自分置いてけぼりで進む話に待ったをかけるフラッド。

「おいディー無茶だって‼　俺戦闘とか無理だよっ⁉」

【大丈夫だ主よ。《生存本能》については聞いただろう？　行けるさ】

「行けないよ！　いまいちよく分かってないんだから⁉」

ヴォルマルク戦後《生存本能》について説明を受けたフラッドであったが、いまいちよく分かっていなかった。

そもそも発動中は意識と記憶が無くなるので、本当にそんな能力あんの？　と、未《いま》だに半信半疑ですらあった。

「頑張ってくださいフラッド様。予知夢を乗り越えるために」

「エトナまでっ⁉」

仕方なく腹を括《くく》ったフラッドはセレスに先導される形でディーと共に野盗の下に急いだ。

「うおおおお‼」「なんだこいつっ⁉」「囲め囲めぇ‼」

「はっはっはっ！　遠慮なく参られよ‼」

そこでは既に戦闘が始まっており、アシハラ風の装束に太刀を持ったポニーテールの少女が野盗相手に大立ち回りしていた。

アシハラとは東にある別大陸の名前であり、宗教言語以外の文化・風習・様式が大きく異なり、東洋とも呼ばれている。

「どういうこと……？　セレス殿？」

「いえ……私が偵察したときに彼女はいませんでした……」

【あの女一人でも大丈夫そうだが、助太刀に行くか】

ポニーテールの少女の足元には既に五人近くの骸《むくろ》が転がっていた。

「マジか……」

嫌がりながらも頷《うなず》くフラッド。

【ではこうしよう。まず私が正面から突っ込んであの女を援護する。主《あるじ》はこっちに逃げてきた奴等《やつら》を頼む】

「……その作戦俺いる？」

フラッドの疑問をスルーするディー。

【セレスは待機だ】

「かしこまりました」

「ディー一人で大丈夫なん……」

【では行くぞっ――‼　ゴアアアアア――‼‼】

本来の姿である巨体に変化したディーの登場に野盗たちが驚愕する。

「なっ、なんだありゃ⁉」「魔獣だぁ⁈」「どうすんべ⁉」

「おお！　大陸の物《もの》の怪《け》か！　面白いっ‼」

ディーの登場に動揺する賊たちと目を輝かせるポニーテールの少女。

【その女！　私は敵ではない！　その縛られた女たちを助けに来た！　お前の実力なら必要ないだろうが助太刀する！】

「！　なるほど、感謝する！」

ポニーテールの少女と共に野盗を瞬《またた》く間《ま》に無力化していくディー。

「とにかく逃げるぞ‼」「女たちは⁉」「命の方が大事だろ‼」

混乱しながらも四方に散らばるのではなく、まとまってフラッドがいる方向に逃げてくる野盗計三人。

「うわっ！　きたっ！」

びびるフラッド。

「なんかいるぞ⁉」「殺せ‼」「こいつをあの化け物の囮《おとり》にして逃げよう‼」

「ひえっ⁉」

野盗に狙いを定められたフラッドが恐怖で奇声を上げる。が、その野盗の殺意をトリガーにフラッドの《生存本能》が発動する――

「――――」

瞳の色が碧《みどり》から深紅に変化したフラッドの綺麗《きれい》に弧を描く右足先蹴りが、ナイフを持った野党の顎へ的確に叩《たた》き込まれ、男は声もなく崩れ落ちる。

「こっ⁉」

フラッドは無言のまま、驚愕する片手剣の男の鳩尾《みぞおち》に頂肘《ちょうちゅう》を流れるように打ち込み、吹き飛んだ男は肺から空気をこぼすような声を上げて意識を失い――

「ひぃぃ?!」

最後の一人が鉈《なた》をフラッドへ向けて振りかぶるが、フラッドの振り向きざまのローリングソバットが顎にクリーンヒットし、男は立ったまま気絶した後に倒れた。

「おっ、あえっ……？」

「お強い……っ。流石《さすが》ですフォーカス卿！」

敵がいなくなったことで《生存本能》が解除され意識を取り戻したフラッドは、セレスの言葉に「はは……」と曖昧な笑みで応えた。

そうして十分《じっぷん》も満たない間に、賊は全て捕縛され、人質は全員救出できたのだった。

「ありがとうございます！」「この御恩は一生忘れません！」「ああっ、神様っ……！」

解放された女たちは皆抱きしめあって涙を流した。

「うん……よかった（俺なにかしたか全然覚えていないけど）……。私ではなく、彼女のおかげです。礼は彼女に」

フラッドがポニーテールの少女を手で示す。

「いや、私はただ斬ってもいい輩《やから》がいたから斬ったまで。礼を言われる筋合いはありませぬ！」

「しかし、貴女《あなた》が彼女たちを助けたことも事実です。どうかお礼を」

セレスの言葉に首を横に振るポニーテールの少女。

「なら、せめてお名前だけでも……」

「ふふっ、名乗るほどの者でもござらぬ。おっと……訛《なま》りが出てしまったな……。神官殿、魔獣殿、その主殿、縁があればまた会うこともありましょう。名乗りはその時に――」

そう言ってポニーテールの少女は背を向け去ってしまった。

「結局誰だったんだ……？」

【主、あの女はかなりやるぞ。もしかするとヴォルマルクより強いかもしれん】

「マジっ⁈」

驚愕するフラッドにセレスと衛兵たちがその前に立つ。

「私からもベルクラントを代表して感謝申し上げます、フォーカス卿。卿のおかげで攫《さら》われた巡礼者を救え、衛兵の誰も傷付かずにすみました」

「「「感謝申し上げます‼」」」

頭を下げるセレスに衛兵たち。

「いえいえ、全てはあの少女とこのディー、そして神のご加護のおかげです。頭をお上げください。とにかく、皆無事でなによりです」

いくらでも恩を売れるというのにその素振りさえ見せないフラッドの謙虚さに、セレスやベルクラント衛兵たちは胸を打たれたのだった。

# 第五話　「教皇アリス」

神聖ベルクラント教国は都市国家であり、周囲を城壁で覆われた巨大都市が国家として機能している。

都市の中央には唯一神サク＝シャや純白の唯一女神を祀《まつ》る大聖堂に、政庁であり教皇や枢機卿《すうききょう》たちが居住するアルビオン宮殿がある。

フラッドたちは巨大な正門をフリーパスで抜け、アルビオン宮殿へと到着する。

外周を鉄柵と衛兵によって厳重に警備された宮殿は、外装も内装も芸術的で豪華で荘厳《そうごん》な造りである。

「おお……流石はアルビオン宮殿……何度来ても圧倒される美しさだ――」

「何度来ても……？」

「何度見ても、の間違いでしょう。フラッド様は幼少の頃より、書籍等で何度も大聖堂図やアルビオン宮殿図を見ていらっしゃったので」

フラッドの失言をエトナがフォローする。

「なるほど、そういう意味でしたか」

「ツォフッ……?! ははっ、言葉足らずで申し訳ないっ」

エトナに肘で小突かれたフラッドが笑って誤魔化す。

「それでは、ここからは徒歩で参りましょう。教皇猊下《げいか》がお待ちです――」

セレスに案内され謁見の間に通されるフラッド一行。

そこには玉座に座った第五十代教皇アリス・クロムウェル五世と、ベルクラントの中枢を担《にな》う高位枢機卿たちが一堂に会し、フラッドを待っていた。

「教皇猊下、フォーカス辺境伯がお越しになられました」

「お初にお目にかかります教皇猊下、ドラクマ王国が臣、フラッド・ユーノ・フォーカス辺境伯でございます」

跪《ひざまず》くフラッドに教皇が鷹揚《おうよう》に頷く。


教皇アリス・クロムウェル五世――

一年前、五歳にして全サク＝シャ教徒の長となった幼女教皇。

現在六歳。

百センチほどの身長に、雪のように白い肌と髪に、真紅の瞳という女神の相《そう》をもつ。

横髪の長いショートボブ、大きな瞳に小さな鼻と薄桃色の唇、年相応の可愛《かわい》らしい整った容姿を持つ幼女。

「よくもとめにおうじてくれたふぉーかすきょう。こころよりれいをいうぞ」

「ははっ（これで会うのは二度目？　になるが、やはりただの幼女にしか見えないな……）！」

「きょうこうのなのもとに、きょう《卿》をかんげいしよう。しんたく《神託》のきゅうせいしゅ《救世主》よ」

「畏れ多くございます」

教皇アリスの横に控えていた好々爺《こうこうや》という相貌の老神官が教皇に耳打ちする。

（あっ！　あいつ、予知夢でサク＝シャ軍率いてた神官のじいさんだ！　確か名前は……なんだっけ？）

「ふぉーかすきょう、きけばどうちゅう、おそわれたじゅんれいしゃをたすけてくれたとか」

セレスが前に歩み出て跪く。

「申し上げます。フォーカス卿《きょう》は道中野盗に攫われた巡礼者を救うため、御自《おんみずか》ら使い魔のディー様と共に先に野盗と戦闘していた者と協力し、三人で二十人もの野盗を瞬く間に無力化し、捕らえられていた四人の巡礼者を救出してくださったのです」

セレスの言葉に神官たちが声を上げる。

「おお……流石は神託の救世主っ」「噂《うわさ》はまことであったか……」「それにしてもまた野盗か……」

「いまのはなし、まことであるか？　ふぉーかすきょう」

問われたフラッドが答える。

「はっ！　正確に申し上げますと、セレス殿の魔法で攫われた巡礼者の居場所や賊の数、配置を割り出すことができました。その場に着くと、盗賊と斬り合っていたアシハラ出身と思われる女性がおり、彼女と、使い魔ディーの活躍があって被害者たちを救うことができたのです。賊のほとんどを倒したのは私ではなく彼女とディーでございます。ですので、称されるべきはセレス殿、そして彼女とディーでございます」

自分の手柄を簡単に人へ譲り、驕《おご》らない姿勢に神官たちが感嘆の声を洩《も》らす。

「猊下、フォーカス卿の行い、まことにサク＝シャ教徒として立派なものでございます。後日恩賞をお与えになるべきかと」

「うむ、ちぇざりーにのいうとおりだ。ぜんいん《善因》にはぜんか《善果》を、あくいん《悪因》にはあっか《悪果》を」

横に立つチェザリーニと呼ばれた男の言葉に頷《うなず》く教皇。

「猊下、私はサク＝シャ教徒として当たり前のことをしたまでです。もし私に恩賞をお与えくださいますのなら、その分を被害にあった巡礼者へお与えくださいますようお願い申し上げます（ホントになにもしてないのに褒美《ほうび》なんてもらえないよ……）」

　頭を下げるフラッドに神官たちが息を飲む。

（あの表情……態度……本心だというのか？）（高潔とは聞いていたが……）（猊下がお与えくださる褒美なら、神官ですら断る者は少ないだろうに）

　意見を求めるように横を向いた教皇に老神官が頷く。

「うむ。では、そなたのいうとおりにしよう。ではこ《子》よ、はは《母》になにをのぞむ？」

「は（はは？　母？）……？」

「わたしはきょうこう。すべてのさく＝しゃきょうとのはははである。このぜんこうをほめぬはははいない」

「つまり……？」

「猊下はフォーカス卿の働きに、教皇、子の母として応えたく思っていらっしゃるのです」

　老神官の言葉にフラッドはなるほどと納得する。

「ほうようか？　あいぶか？　くちづけか？」

　教皇の言葉に動揺するフラッド。

「げっ、猊下、子は親が無事で健やかなことがなによりの褒美、それ以上を求めるのはわがままというものですっ（幼女にそんなこと求めないよ……）」

エトナにされれば嬉《うれ》しいが、初対面（予知夢を含めると二度目）の幼女にそんなことをされてもあまり嬉しくないフラッド。

「それではわたしのきがすまぬ。なにかのぞむことはあるか？」

納得がいかない様子の教皇。

（特に欲しいモノなんてないけど……あっ、そうだ！）

ピキンと閃《ひらめ》くフラッド。

「猊下、では一つ望みがございます」

「もうしてみよ」

「神託をお聞きしましたが、私自身、ベルクラントになにが起きるのか、なにをどう助けになれるのか分かりません。今のところ雲を摑《つか》むような話です。なので、一箇所にとどまるよりは視野を広く持ち、行動を制限せず、いろいろな物事を見聞きしたほうがよろしいかと存じます。ですので、ベルクラント内を自由に行動するご許可をいただきたく思います」

フラッドの大胆な提案にざわつきだす神官たち。

予知夢では国賓扱いのフラッドは外出する際にも煩雑な手続きをしなければならず、それが面倒で宮殿から出なかった原因の一つにもなっていた。

「フォーカス卿、大司教枢機卿を務めるチェザリーニと申します。もう少し具体的にお話しいただけますか？」

教皇のそばに控えるチェザリーニと名乗った老神官はフラッドの言葉の意味をちゃんと理解したい。という非常に柔らかな物腰である。

「具体的に申しますと、宮殿内や都市の探索、そして猊下のおそばに侍《はべ》らせていただくことです。もちろん、宝物庫や機密事項がある場所、足を踏み入れてはならない場所に入らせて欲しいとは申しません。あくまで、ご許可いただける範囲で、ということです」

「なるほど……。もう一つの、猊下のおそばに侍る。とは、フォーカス卿が望めば猊下の聖務に同行し、猊下が聖務を終えられた私的なお時間でも、面会できるようにしたい。ということでしょうか？」

「全て猊下や皆様がお許しくださる範囲で構いません。同じサク＝シャ教徒とて、私はドラクマ王国の臣であります。このような提案をしましては、猊下や皆様に、もしや間諜《かんちょう》として探りを入れているのでは？　と思われてしまっても当然でございます。ですので、あくまで要望として、神託を重んずる一サク＝シャ教徒としての要望だと思ってくださされば幸いです（そもそも教皇の殉教を防ごうとしているんだから、裏もなにもない本音だし）」

「なるほど……よく分かりました――」

にこやかに微笑《ほほえ》んだチェザリーニが教皇に耳打ちする。

「ゆるす。ただし、ほうもつこやきんしょにふれてはならぬ。くわしくはおってつうたつする」

「ありがとうございます猊下（よっしゃ上手《うま》くいった）！」

恭《うやうや》しく頭を下げるフラッド。

「かたくるしいあいさつはここまでにしよう。かんげいのうたげをようい

している。たのしんでくれ」

「恐悦至極に存じます」

この後、フラッドの歓迎パーティーが催された。

「カサドレス助祭枢機卿と申します。フォーカス卿、巡礼者を救ってくださり野盗も捕らえてくださるとは、ドラクマの英雄という名に相応《ふさわ》しきお方でございますな」

枢機卿の一人がハイボールが入ったグラスを片手にフラッドへ話しかける。

ウイスキーを炭酸で割ったハイボールはサク＝シャ教において「神の飲み物」「創造の

秘薬」とされているため、敬虔《けいけん》なサク＝シャ教徒や神官はハイボールやウイスキーを好む。

「お褒めいただきありがとうございます、カサドレス助祭枢機卿《すうききょう》。ですが私など、部下に恵まれた運がいいだけの男です。英雄などという二つ名は自分には過ぎたものでございます。野盗に関しましても、攫《さら》われた女性たちを救出することができたのは不幸中の幸いでした。が、私が王国を発つ時間をもう少し早めていれば彼女たちが攫われることもなく、襲撃そのものに対応することができていたのではないか？　と、後悔が募るばかりです」

フラッドは調子に乗ってはならない。媚《こ》びねばならない。謙虚に謙虚に……。と、自分に言い聞かせ、頭をフル回転し得意の小賢《こざか》しさを発揮させていた。

「それは……。いえ、卿は彼女たちを助けたのです。どうかご自分を責めることはなさらないでください」

「ありがとうございますカサドレス助祭枢機卿」

会釈して下がっていく助祭枢機卿に代わって、ビザンツ様式の礼服を着た男が話しかけてくる。

「しかし、聞けば衛兵に任せていいものを、わざわざご自身で討伐なされた。教皇猊下をお待たせするとご理解された上で、です。これは衛兵の仕事を奪い顔に泥を塗る上に、卿が教皇猊下を軽んじている。と、受け取られても仕方がないことではありませぬか？」

今回催されたフラッドの歓迎パーティーには、各国のベルクラント駐在大使も参加しており、今フラッドに挑発気味に話しかけてきたのはビザンツ帝国の大使であった。

「そうかもしれませんね（実際戦いたくなかったし）」

素直に頷くフラッドにビザンツ大使が嫌らしい笑みを浮かべ声を張り上げる。

「ほお！　お認めになると！　自らの功績を優先して猊下《げいか》を蔑《ないがし》ろにし、衛兵に恥をかかせたと！」

「ははっ、大使殿のお気遣い痛み入ります」

フラッドは自分に敵意が向けられているとも気付かず、過分に評価されて困っていることを大使が慮《おもんぱか》ってくれているのだと勘違いしていた。

「……気遣い？」

自身の嫌味に反論するどころか礼を言われたビザンツ大使が怪訝《けげん》な表情を浮かべる。

「大使殿は事実を述べてくださっています。ベルクラントにおいて猊下をお待たせし、衛兵に恥をかかせた上で得られる功績などありません。そうですよね（俺もそう思うよ）？」

本人にそのつもりはみじんもなかったが、フラッドの言葉を肯定すれば褒美を与えた教皇を批判することになり、否定すればフラッドを肯定することになる。自分の言葉を利用し完璧なカウンターを打ち込まれるかたちとなった大使が顔を赤くする。

「……さっ、流石《さすが》はチャラカの英雄殿。我がビザンツ十万の精兵を降《くだ》した英雄はおっしゃることが違いますな」

その言葉に本心から顔を曇らせるフラッド。

「先の戦は、本当に悲しいものでした……。戦故《ゆえ》仕方ないことではありますが、同じサク＝シャ教徒同士があれだけ血を流さねばならなかったことは、悲しいばかりです（あんなに人が死んで誇れるワケがないだろ……）……」

フラッドの完璧な返答に神官たちは感心し、各国の大使もフラッドを「噂に違《たが》わぬ有能な男」と。強く意識することとなった。

「っ……しっ、失礼いたす」

自身の不利を悟った大使が退散する。

「フォーカス卿《きょう》、巡礼者の件、私からも心よりお礼申し上げます」

「チェザリーニ大司教……。私は当たり前のことをしただけですので……」

教皇アリスは就任してからまだ一年と少ししか経《た》っておらず、ベルクラントの実権は教皇に次ぐ地位である枢機卿筆頭、大司教枢機卿であるチェザリーニが握っていた。

六十を超える年齢に白髪とシワの多いロマンスグレーな老人であり、穏やかな顔つきで言葉や声音も丸く、聞く人の心を落ち着かせる響きを持っていた。

「ご謙遜を……。立入禁止区域につきましては協議の後通達いたします。それと、どうか猊下のことをよろしくお願いします」

「猊下になにか起こると考えていらっしゃるのですか？」

予知夢でサク＝シャ軍を率いていたのはこの目の前の男だけに、フラッドも探りを入れるような言葉が出る。

「いいえ、神託ではなく、無礼を承知で言いますと、親心というものです」

「親心……ですか？」

「ええ。猊下はいずれ責務を全うするため殉教なされるかもしれませんので……」

その言葉にギョッとするフラッド。

殉教とはサク＝シャから教皇にのみ与えられる魔法の一つである。

体と魂を神に捧《ささ》げ（自らが死ぬことと引き換えに）代償として、その願いを神の裁量内で叶《かな》えてくれるというものである。

「そっ、それは、そうかもしれませんが……。歴代教皇の中では殉教される方のほうが少なかったと記憶していますが……？」

「猊下は女神の相《そう》を持つ特別な教皇、特別な存在なのです。まるで純白の女神の生き写しのように……おっと」

言い過ぎた。というようにチェザリーニが首を横に振る。

「話が逸《そ》れてしまいましたね。そのことはまた機会がありましたらお話しいたします。私が言いたかったことは、卿は猊下の私的な時間に関わる権利を得られました。なので、猊下をお願いします。ということです」

「⁇ 申し訳ございません、私の理解力が低いことが悪いのですが、肝心な部分が曖昧ではございませんか……？」

「ふふっ、そうかもしれませんね。しかし、今の段階ではこうとしか言えません。フォーカス卿も私的な猊下とお会いすれば、私の言わんとすることをご理解されることと存じます」

「は、はあ……？」

そうしてパーティーは、フラッドがベルクラントの神官たちからも各国の大使たちからも高く評価される。という最高の結果に終わった。

# 第六話　「素のアリス」

「よしっ！　とりあえずなんとか上手くいったぞ！　疲れた！」

「そうですね」

【よくやったぞ主《あるじ》】

夜更《よふ》け、迎賓室へ戻ったフラッドはソファーに寝そべった。

「これで自由に外出できるし、理由が無くても教皇のそばにいられる口実もできたぞ！」

謁見の間や歓迎パーティーで一部始終を見ていたエトナとディーがフラッドを褒める。

「めっちゃファインプレーでしたよフラッド様」

【主は本当に口が回る男だな】

「はっはっはっ！　そう褒めるなエトナ、ディー！」

フラッドがマスコット状態のディーの喉を撫《な》でる。

【……おい、私は猫ではないぞ】

「ゴロゴロ言ってくれないのか……？」

【……ゴロゴロ】

シュンとするフラッドに仕方なく喉を鳴らすディー。

「お前可愛《かわい》いな……っ！」

【なんだろう……そんなに悪い気がせんのは……】

「はいフラッド様、チャイが入りましたよ」

「ありがとう、うん、甘くて美味《うま》い！」

「なにか食べますか？」

フラッドはパーティーの最中、上手く立ち回ることに必死だったため食べ物にはほとんど手を付けていなかった。

「こんな時間に作ってもらうのも気がひけるから、部屋にあるものでいいよ」

フラッドたちに与えられた迎賓室には呼び鈴があり、鳴らせば何時であろうと使用人がやってきて要望に応えてくれるようになっていた。

「そうですね……前と同じくクッキーとか甘いものが多いですね。きっとフラッド様が甘党だという情報を聞いて用意してくれていたんでしょう」

「おおっ、それはいいな。エトナもディーもなにも食べていないだろう？　皆で食べよう」

「では遠慮なく」

　座ってくつろぎつつ、飲食を始めるフラッドたち。

【うむうむ】

「くぅ……疲れた頭に糖分が沁《し》みる……っ」

　チョコチップクッキーの上へチョコを乗せて頬張るフラッド。

「お疲れ様です。予知夢よりも猊下や神官たちのフラッド様への印象がかなりよくなってましたし、上々な滑り出しですね」

　砕いて一口大にした醤油《しょうゆ》煎餅（アシハラ大陸から伝来）をポリポリと食べるエトナ。

「だろう？　まぁ、でも俺じゃなくてあのポニーテールの女とディーのおかげなんだけどな。巡礼者たちを助けられたことが大きかったよ。野盗倒したのも全部あの女とディーだし」

【いや、三人は主が倒したのだぞ？】

「ほんとにぃ？」

　未《いま》だにフラッドは自分の魔法を疑っていた。

【まぁ、それはそれとして、巡礼者を助けたことを上手《うま》く活《い》かしたのは主だ。教皇や大司教との受け答え、実に見事だったぞ】

「いや、ははっ、そんなに褒めるな……褒められ慣れてないんだから、どう反応していいか分からないじゃないかっ」

ニヨニヨするフラッド。

「けど、これで全部成功したつもりになって調子に乗っちゃいけませんよ？」

【うむ、むしろここからが本番だからな】

アーモンドを齧《かじ》るディー。

「もちろん分かってるさ。とりあえずは教皇が殉教しないことを第一にして、教皇や大司教とか神官たちと友好的な関係を築かねば……」

「そうですね、まだ神託もよく分かってませんからね」

「だよなぁ……」

【そもそも教皇の殉教や魔力災害を防ぐことがベルクラントを助けることになるのか、それとももっと他のことからベルクラントを主が助けることになるのか、見当もつかんからな】

「ま、やれることを一つずつやっていくだけさ。とりあえず俺は神託は副目標くらいにしとして、本命の教皇殉教を防ぐことに注力しようと思う」

「ですね、そっちを放置したらまた罪を着せられた挙句、サク＝シャ軍ですからね」

「ところで、二人とも気付いていたと思うが、あのチェザリーニという大司教、予知夢でサク＝シャ軍率いてた奴《やつ》だよね？」

「ですね」

【だな】

「やっぱ怪しいと思う？　黒幕的な？」

「うーん……難しいところですね。予知夢のせいで色眼鏡がかかってしまっていますから決めつけず注意を払っておく、くらいでいいかと」

【この宮殿にはかなり強力な結界が張られているからな……。クランツの時のように小動物に化けて探りを入れることはできん】

「ま、それは仕方ないさ。というかディーにそんなことさせてもしバレたら言い訳できないしな。間諜《かんちょう》として投獄されても文句も言えん」

「ですね」

【確かにな】

「とりあえず、今日は疲れきったから風呂《ふろ》に入って寝よう。ここの大浴場は広くて綺麗《きれい》だし心も体も癒《いや》されるとしよう」

そうして大浴場で汗を流し身も心も癒されたフラッドたちは眠りについたのだった。

翌日、フラッドたちが朝食を終えたころ、セレスがやってきた。

「おはようございますフォーカス卿《きょう》。なにかご不便やご不満を感じる点はございませんか？」

「おはようございますセレス殿。ここまで至れり尽くせりですのに、不満などあろうはずもありません」

「それはようございました」

「一点だけ、食事につきまして、別に豪華なものは望みません。神官の皆様と同じメニューをお願いしたいのですが、一品はジャガイモ料理があると嬉《うれ》しいです」

フラッドの希望に微笑《ほほえ》むセレス。

「かしこまりました。フォーカス卿は本当にジャガイモがお好きでいらっしゃるのですね」

「はい。命を助けられましたから。それに味もいいですしね、大好物です」

「フォーカス卿のおかげでドラクマ王国だけでなく、この大陸でもジャガイモ食が広がり助けられた人々も多いです。それだけで聖人認定すべきでは？　と顧問会議の議題に上がったほどですよ」

ギョッとするフラッド。

聖人とは、教皇から与えられる聖騎士と並ぶ最高の称号であり、なにをすれば与えられるという厳密な定義はなく、基本的に徳の高い行いをした者や、多くの人々を救った者が候補に選出され、教皇や高位枢機卿《すうききょう》たちが参加する最高顧問会議で満場一致で可決した場合与えられる。

フロレンシアが聖女と呼ばれる理由もベルクラントから聖人認定されたためである。

「いやいや、それならば認定を受けるのは私ではなくジャガイモです。私は聖人などとは程遠い、自分の欲望一つ御しえないような俗物なのですから（俺が聖人なんて冗談じゃない……！　もしそうなったらドラクマだけじゃなく、この世界での有名人になってしまう……！　隠居して平民になってスローライフが送れなくなるじゃないか……！）」

「謙虚でいらっしゃるのですね」

クスクスと微笑むセレスに頭を悩ませるフラッド。

「それで、セレス殿はどのようなご用件で？」

話を戻すフラッドにセレスが頷《うなず》く。

「はい。実は、教皇猊下《げいか》がフォーカス卿をお呼びなのです。お嫌でなければ教皇の間まで足をお運びいただけますと幸いです」

「猊下が？　喜んでお受けさせていただきます」

「ありがとうございます。実は昨日から猊下はフォーカス卿のことをとても気にかけていらっしゃいまして、私的にお話ししてみたい。と、おっしゃっていらしたのです」

「私的に……ですか？」

「はい。本日は猊下に聖務のご予定は無い日でございますので、私的な猊下とお会いしていただくことになります」

「なるほど……？」

フラッドは昨日大司教も同じような言い回しをしていたな。と、思いながらセレスに先導されつつ、教皇が居住する区画、教皇の間へと向かう。

フルプレートアーマーを装着した衛兵に通され、教皇の間へと入り、現在教皇が待つ私室の前へ着くフラッド。

「猊下、フォーカス卿がお越しになりました」

「どーぞ！」

「失礼します」

教皇の私室に通されるフラッド一行。

中はとても広く、大きな窓からは陽《ひ》の光が入り高い天井のシャンデリアまで輝かせていた。

「猊下、フラッド・ユーノ・フォーカス辺境伯、まかりこしました」

部屋の中央で侍女と羽子板（アシハラ大陸伝来）をしていたらしき教皇は入室してきたフラッドを見ると嬉しそうに走り寄った。

「きた！　ふらっど！」

「は、はい。フラッドでございます猊下……」

満面の笑みを浮かべる教皇に戸惑うフラッド。

フラッドの敬語に顔をしかめる教皇。

「むー……ありす！」

「えっ？」

「ありす！」

「…………」

「猊下は名前で呼んでくださると嬉しいようです」

困って視線を向けたセレスがそう補足する。

「しっ、しかし、それはあまりにも不敬では……？」

「フォーカス卿、今は公的な場ではありません。猊下、いえアリス様は今、公人ではなく私人なのです。お気遣いは無用です」

「そう言われましても（これはなにか試されているのか……？）……」

「むー……」

しかし、不満げで少しだけ寂しげな表情を浮かべている目の前の幼女にフラッドは「あ、多分これ素なんだろうな……」と直感的に理解した。

「では……アリス様」

「んー！　ありす！」

ブンブンと首を横に振るアリス。

「……アリス？」

「んっ！　ふらっどよくきた！　あそぼ！」

「えっ?!」

助けを求めてセレスを見るも慈愛に満ちた笑みを返される。

「大丈夫ですフォーカス卿。アリス様はまだ御年《おんとし》六歳。私的な場での年相応な振舞いは誰にも咎《とが》められるものではございません。そもそも、このアリス様をチェザリーニ大司教はじめ、高位枢機卿及び神官、そして宮殿に仕える者は皆知っておりますので」

「なっ、なるほど……？」

「敬語も必要ございません。そしてそのことで責める者は誰もおりません」

（大司教が言ってたのはこのことだったのか……）

教皇アリスは、公的な場では厳粛な神の代理人、全サク＝シャ教徒の母として相応に振舞い、私的な場では年相応に振舞う。

それを大司教を始めとした枢機卿たちが許し、宮殿に仕える者は皆が知っていた。

「では……ごほん。アリス？　俺の従者のエトナと使い魔のディーだ」

仕組みを理解したフラッドは郷に入りては郷に従えの精神で下手に気を遣うのはやめた。

「エトナです。よろしくお願いしますアリス様」

【ドラクマの魔獣王ディーだ。覚えておけ童《わっぱ》】

フォーカス領の魔獣の長《おさ》だったディーであるが、ヴォルマルクとの戦にフラッドが勝ってからはドラクマの全魔獣長に服従の意を示され魔獣王に昇格していた。

「しゃべった！」

ディーに反応するアリス。

「さわってもいい……？」

倍近くも身長差があるフラッドを上目遣いで見るアリス。

「ああ、い、いいぞ。ディーは頭の良い魔獣だから噛《か》んだりしない。なっ、ディー（分かってるよね）？」

フラッドの、もし傷一つでもつけたら俺もお前も命がないよ？　という血走った視線に頷くディー。

【……分かっているぞ主《あるじ》よ】

「きゃー！　もふもふ！」

ディーを抱きしめて頬ずりするアリス。その姿は教皇ではなく、年相応な可愛《かわい》らしい幼女であった。

【ここまでペット扱いされるのは流石《さすが》に初めてだな……】

「しゃべる！　えらい！　あたまいい！」

【うむ……そうだな……】

ディーは諦めてアリスの好きにさせている。

「可愛いものですね……」

「そうだな……」

エトナの言葉にフラッドが同意する。

「でぃーわたしとおなじ！　しろくてあかいめ！　めがみのそう！」

【そうだな。神に選ばれし者は皆こうなるのだ】

「きゃっきゃっ！」

【（もう好きにしろという顔）】

「えとなっ！」

一通りディーを楽しんだアリスがエトナを見る。

「なんですかアリス様？」

「きれー！　びじん！　かたでてる！」

アリスの素直な言葉に面食《めんく》らうエトナ。

「……………ありがとうございます。アリス様もとても可愛らしいですよ」

「ほんとっ？」

「はい、ホントです」

「ありがとっ。でもありす！」

「アリス様」

「ありすっ！」

「アリス様」

「むー……えとな、がんこっ」

「はい、頑固ですよアリス様」

エトナはなんだかアリスとフラッドは似ている。と感じ、アリスに対して親近感が芽生えていた。

「むむー……っ」

「ふふっ、アリス様よかったですね。とりあえずお茶にしましょうか」

一連のやりとりを見守っていたセレスが教皇の私室から見える温室を指した。

「おちゃ！　する！」

「ははっ、可愛いなぁ……」

アリスの素直さにすっかり毒気を抜かれたフラッドは、ぴょんぴょんと跳ねるアリスの頭を思わず撫《な》でてしまっていた。

「はっ⁈」

そう気付いて手を離そうとするフラッドだったが――

「ん～～」

気持ちよさそうに撫でられているアリスを見て、撫でる手は止めなかった。

# 第七話　「アリスとチェザリーニ」

　全面ガラス張りの温室はとても広く、魔法によって一年中一定の温度に保たれており、サク＝シャ教において神花とされる桜や白百合《カサブランカ》が咲き誇っていた。

　サク＝シャを象徴する花が桜、純白の女神を象徴する花がカサブランカとなっている。

「美しい……なんと立派な桜にカサブランカだ……」

　美しい花々に感嘆の声を洩《も》らすフラッド。

【桜はもっと大きいはずだが、これは小ぶりな種なのか？】

「はい。この温室に収まるように調整された改良種です」

【見事なものだ】

「見ろエトナ！　この桜、小ぶりながらなんと立派な花弁だろう！」

「ですねー」

　エトナが気のない返事をする。

「……相変わらずエトナは花に興味がないな」

【そうなのか？】

「まぁ、嫌いなワケではないですが、花でお腹《なか》は膨れませんからね」

スラム街出身であるエトナはその時の経験から、金にもならず腹も満たせないものへの興味が薄かった。

「わかる。はなよりもたべもののほうがうれしい」

「おおう、予想外のところから援護が」

アリスの言葉に驚くエトナ。

「アリスも花より団子なのか？」

「だんご？　たべものならなんでもうれしい。おなかがへるの、いや」

「食いしん坊なんですかね？」

「ちがうもんっ」

アリスをフォローするようにセレスが口を開いた。

「これは限られた一部の者のみが知る非公開情報なのですが、アリス様はスラム街に捨てられていた孤児でして、そのときの飢餓の経験から空腹を嫌われるのです」

驚くフラッドたち。特にエトナは目を丸くさせた。

「なるほど……。私と同じような生い立ちだったんですね」

「えとなもすてられたの？」

無垢《むく》な子供が自分は捨てられた存在であると自覚している。それだけでフラッドはアリスがかわいそうで瞳が潤む思いだった。

「そうですよ。フラッド様に助けていただいたんです」

「ふらっどえらい！　じーじとおなじ！」

「じーじ？」

「チェザリーニ大司教のことです。大司教は孤児対策に熱心で、数多くの孤児を保護しているんですよ。その一人がアリス様だったのです」

チェザリーニも元は孤児であり、その幼い時の辛《つら》い経験から孤児に対する保護活動を熱心に行っていた。

「なるほど（めちゃくちゃ良いヤツじゃん大司教……疑って悪かったな……）」

そうして温室の中にあるガゼボまで足を進め、ティータイムを始めるフラッドたち。

「うーん……良い香りだ……。これはなんのハーブですか？」

「ローズマリーです」

「ズズ……うん、苦い」

用意された砂糖と蜂蜜をドボドボと入れるフラッド。

「ふらっど、そののみかたおいしいの……？」

「ああ美味《うま》いぞ。ほっぺが落ちちゃうぞ？」

「ありすもやりたい！」

「ダメですよアリス様。あれはダメな大人の見本です。お茶を出してくれた人にも失礼ですから、絶対にやってはいけません」

【そうだ、主と同じことをしたら脳がプリンになってしまうぞ？ ああはなりたくないだろう？】

「はっはっはっ！ 散々な言われようだな！」

エトナとディーの言葉に楽しそうな笑みを浮かべるフラッド。

「えー」

「砂糖は三個までですよ、アリス様」

「はーい……」

セレスにも止められたアリスは不満そうな顔をしながらも、ちゃんと言うことを聞いて角砂糖三つで我慢する。

「ちゃんと言いつけを守れるなんてアリスは偉いなぁ！」

「えらい？ ありすえらい？」

「めっちゃ偉いぞ！」

「いえーい！」

喜ぶアリス。

「ここにいましたか、アリス」

しばらくするとチェザリーニが護衛を連れて温室に入ってきた。

「じーじ！」

アリスはすぐ席を立つと満面の笑みを浮かべてチェザリーニにタックル並みの勢いで抱き着いた。

「ぐふ……っ！　おっとっと……！　いい子にしていましたか？」

鳩尾《みぞおち》に頭突きを食らいながらもなんとかアリスを受け止めるチェザリーニ。

「うん！　ふらっどとえとなとでぃーとあそんでた！」

「それはよかったですね」

チェザリーニが優しく微笑《ほほえ》む。

「じーじ、だっこ！」

「はいはい。よっ……こい……しょっ！」

「きゃっきゃっ！」

抱っこされ満足気なアリス。

セレスがチェザリーニに労《いた》わるような視線を向け、抱っこを楽しむアリスをしばらく見守ってから口を開いた。

「アリス様、そろそろお昼寝のお時間です」

「えー？　まだあそんでたい……」

「アリス、セレスの言うことをちゃんと聞くのです」

「はーい……。わかった……」

渋々と頷《うなず》いたアリスは、一度深くチェザリーニの胸に深く顔をうずめると、地面に降りた。

「またね！　じーじ！　ふらっど！　えとな！　でぃー！」

「またなー！」

アリスが手を振ってセレスたちと共に温室を後にしていく。

「いたたた……」

護衛に手を貸されながら、チェザリーニはよろめくように椅子に腰かけた。

「大丈夫ですかっ？」

心配するフラッドに、膝や腰をさすりながら微笑を返すチェザリーニ。

「ええ、お気遣いありがとうございますフォーカス卿《きょう》。まったくいけませんね……。歳《とし》を取ると体のあちこちが痛くて言うことを聞きません。アリス一人満足に抱っこしてあげることもできませんよ……」

「大司教……」

「私の使命は、アリスを輝かせることだというのに……。この体ではそれを為《な》せるかどうか……」

「アリスを輝かせる……？」

チェザリーニは首を傾《かし》げるフラッドに微笑を返す。

「ああ、そういえば彼の紹介がまだでしたね」

言いつつ、横に控える短髪のクマの濃い三白眼の帯剣した男を見た。

高い身長に細身な体つきだが、まとう空気が尋常ではなく、抜身の刀を思わせる緊張感を漂わせている。

「私の専属護衛のネロです」

「助祭のネロと申します。お見知りおきを」

ペコリと頭を下げるネロにフラッドも頭を下げる。

「ドラクマ王国辺境伯、フラッド・ユーノ・フォーカスです。こちらこそよろしくお願いいたします」

「専属従者のエトナと申します」

【使い魔のディーだ】

ネロはフラッドたちへの応対を終えると一歩下がり、チェザリーニが口を開いた。

エトナとディーも一歩下がり黙って控える。

「それでフォーカス卿、アリスを見てどう思われました？」

「はい……。素直で、無垢で、無邪気で、可愛《かわい》らしい。その幸福を願わずにはいられないと思いました」

フラッドの言葉に数度頷いて目を細めるチェザリーニ。

「……それはよかった。フォーカス卿が素のアリスを受け入れてくださる方で」

「しかし、我ながら随分と不敬な態度だったと思うのですが……」

首を横に振るチェザリーニ。

「いえいえ、それで構いません。むしろそのままでお願いします。アリスは教皇になったとはいえ、本人が望んでなったワケではありませんから」

教皇は全人類の中からサク＝シャによって無作為に選ばれるため、誰が選ばれるのか、候補はいるのか、次代の教皇はどうなるのか誰にも分からない。

「神の代理人は神自らがお決めになる。でしたか……？」

聖典の一節を諳《そら》んじるフラッド。

「そのとおりです。とはいえ、アリスはまだ六歳。年相応の子供です。教皇という立場に押しつぶされてしまわぬよう、こういった時間や素の自分を受け入れてくれる、セレスやフォーカス卿のような存在が大切なのです」

「大司教（やっぱめちゃくちゃいい人じゃん……。孤児を助けたりしてるらしいし……俺なんかよりよっぽど聖人候補じゃない……？）。かしこまりました。私も、公的な場では一サク＝シャ教徒として、私的な場では一友人……？　いえ、保護者……？　として、アリスを支えたく思います」

「ありがとうございますフォーカス卿。どうか、アリスをよろしくお願いします」

そう言って頭を下げるチェザリーニの姿と言葉にフラッドは、ポーズではなく本心からアリスのことを想《おも》い、心配している親心が感じられた。


ベルクラント市街――

「アリスを好きになった。もちろん、保護者とか父性的な意味でだ」

宮殿から出て市街を散策しながらフラッドがそう切り出した。

「はい。気持ちは分かります」

【うむ】

「だから絶対に死なせない。殉教を絶対防ぐ。そう決めた。いいか？　エトナ、ディー？」

エトナとディーは無言で頷いた。

「ありがとう……。あれだけ無垢で純粋な子供だと知ってしまったからにはなぁ……。見殺しになんてできないよ……」

「ですね。どのみち、防がなければならなかったんですから、私たちの破滅を防ぐためだけでなく、アリス様もちゃんと守りたい理由ができて、よかったと思いますよ」

【だな。守りたくもない相手を守るよりは、守りたい相手のほうが死力も尽くせるというものだろう】

「それに、大司教めちゃくちゃいい人だったなぁ。なんか疑った自分が恥ずかしいよ……」

「まぁ、悪い人には見えませんでしたけど、だからといってそこまで信用するのは危険ですよ」

【エトナに同意だな。人をすぐ信じるのは主《あるじ》の美点でもあるが欠点でもあるぞ】

「そうかなぁ？」

そう話していると、フラッドを見たベルクラント市民がヒソヒソと口にする。

「あの人かっこいい……どこかのお貴族様かな？」「でしょ、あのお召し物、すごく上等な生地が使われてるし……」「もしかして王族……？　お連れの人もすごく美人だし……」

その言葉が聞こえたフラッドはにこやかに手を振って応えた。

「ありがとう！　私はドラクマ王国の辺境伯、フラッド・ユーノ・フォーカスだ！　しばらくベルクラントに逗留《とうりゅう》するからよろしく頼む！」

「「「キャー‼」」」

黄色い声が響く。

辺境伯ほどの大貴族が庶民に気軽に声をかけるなんてことは通常ありえない。どころか手まで振ってくれるフランクさ、顔の良さに中には失神する者までいた。

「目立ってどうするんですか」

「どうせ目立つなら、思い切り目立っておいたほうがいいだろう。もしかしたらいざというとき、今声援をくれた者たちが味方になってくれるかもしれないし」

【なるほどな、アホなりに考えているワケだ】

「えっ……？　今アホって……？」

「それよりフラッド様、市街でなにをするつもりですか？」

「いや、特に理由はないんだけど。予知夢だと一回も宮殿を出なかったから、前にはない発見ができるかも。と、思ってな」

【そういうワケだったか。さすがは主だ。アホなりによく考えているんだな】

「えっ……？　今繰り返しアホって……」

「じゃ、とりあえず市街を散策して外に出てみますか？」

「エトナ、今ディーが二度も俺のことをアホって……」

無視してエトナが続ける。

「フラッド様、私は外に出てみますか？　と聞いているのですが？」

「えっ、あっ、うーん……？　夜になる前に帰りたいから、そこまで遠出はしない感じで」

素直に答えつつ、屋台で買い食いしたりしながら城門を出て付近を散策するフラッド。

「意外と山が多いな」

屋台で買った三色団子を食べながらフラッドが呟《つぶや》く。

「ですね。野盗が多いのも納得です」

【大軍に攻められにくい反面、勝手が悪くもあるな】

ベルクラントは山間部にできた盆地のような場所で、整備された街道を少しでも外れると山や森に繋《つな》がっていた。

「そういえば大司教見てて思ったんだが、俺にも護衛って必要じゃない？」

特に行先も決めず歩き出したフラッドがエトナから受け取った水筒で喉を潤しつつ、そう切り出した。

【なんだ主、私では不満なのか？】

「なわけないだろう。けど人間の護衛一人くらいいないと、ディーを連れていけない場とかで困るし、なにかあったときディーには俺じゃなくエトナを守って欲しいんだ。そうなると俺が裸だ」

「私のことを想ってくれるのは嬉《うれ》しいですけど、ありがた迷惑です。なにかあったときディーはフラッド様を守ってくださいね」

フラッドはエトナを第一に、エトナはフラッドを第一に、想い合う二人にとってそれだけは譲れぬものだった。

【なるほど……複雑だな……】

「だからもう一人いれば解決だろう？　ディーともう一人いれば、どっちかがどっちかを守ればいいいんだから」

「まぁ、そうですね」

【だが、主には魔法があるだろう？】

「その魔法を俺自身が一番信じてないんだよなぁ」

ため息を吐《つ》くフラッド。

「だいたいさ、ピンチにならなきゃ発動しない魔法って、そもそもそんな状況になってる時点で結構アウトじゃないか？　俺一応守られる側の人間なんだし、自衛力があるのはいいんだけど、その自衛力を発揮するのは最終手段だろう？　という話だ」

「確かに。フラッド様にしては鋭い意見です」

【確かに、主の言うことももっともだ】

「だろ？」

そんな話をしていると、フラッドたちは、道の外れで行き倒れている見たことのあるポニーテールの少女を発見した。

# 第八話　「行き倒れの侍」

「うおっ?!　誰か倒れてるぞ！」

「たしかに倒れてますね」

【微妙に木の陰で死角になってるな……】

「おい、大丈夫かっ!?」

フラッドが駆け寄って声をかける。

「うう……み……水……食べ物……」

うつ伏せに倒れているポニーテールの少女がうめき声をあげる。

「あっ?!　お前！　野盗と戦っていたヤツじゃないか！」

【確かにあの時の女だな……。颯爽《さっそう》と去っていったが、まさか行き倒れているとは……】

「フラッド様、とりあえず介抱しましょう?」

「そっ、そうだな！　腹が減っているのかっ?」

【外傷は無いようだ】

「それにしても絵に描いたような行き倒れですね……」

「エトナ、食べ物はあるかっ？」

「フラッド様のおやつの蒸《ふ》かしジャガイモが何個か」

「くっ……！　非常時だ……っ！　仕方あるまいっ！　おい、これが分かるか？　食べていいぞっ」

フラッドが断腸の思いで蒸かしジャガイモを差し出すと、ポニーテールの少女はガバッと起き上がって受け取った。

「かたじけなし……！　頂戴いたす‼」

少女は言うが早いかガツガツと蒸かしジャガイモを食べ始めた。

「んっんん⁉」

「落ち着け！　ほら、水だ！　あと塩と胡椒《こしょう》もあるからちゃんとかけて食べろ！　ジャガイモは一番美味《うま》い状態で食べるのが最高の礼儀と知れ‼」

「んぐんぐんぐっ！　ぷはっ！　承知仕《つかまつ》った‼」

両手に持った蒸かしジャガイモをガツガツと食べるポニーテールの少女のジャガイモにパッパパッと塩と胡椒を振ってあげるフラッド。

「美味い！　ハックショイ！　美味い！　ハックショイ！」

齧《かじ》る↓塩胡椒を振る↓胡椒が鼻にかかる↓くしゃみ↓齧る↓塩胡椒を振る、を食べ終えるまで繰り返すフラッドとポニーテールの少女。

【あれだな、高速で餅つきをする達人を連想するな】

「くしゃみをしながらジャガイモを一心不乱に食べる女性と、その顔めがけて塩胡椒を振りかける男、とんでもない構図ですよ」

ポニーテールの少女はジャガイモを食べ終えると合掌して頭を下げた。

「馳走《ちそう》になり申した‼」

長いポニーテールが特徴的な艶《つや》めく青髪の姫カットに、大きな翡翠《ひすい》の瞳を持つ凛《りん》とした美しい顔つきで、スラリとした細身に小ぶりな胸、腰に太刀を下げており、装束もこの大陸では見ない独特のもの、いわゆるアシハラ風である。

「大丈夫か？」

「はっ！　おかげさまでこのとおり！」

佩刀《はいとう》したまま予備動作なくバク中を披露するポニーテールの少女。

「うん、なら大丈夫だな。じゃ、俺たちは行くから今後は気を付けるんだぞ？」

「お待ちくだされ！」

なんとなくめんどくさくなる予感がし、この場を去ろうとしたフラッドだったが即座に呼び止められる。

「…………なに？」

「よく見れば野盗と斬り合っていた時に助太刀くださった御仁たちではありませぬか！　二度も助けられるとはこれはもう運命と言う他ありませぬな！」

【私は会っていないぞ？】

マスコット形態のディーが知らんぷりを決め込むも、笑い飛ばすポニーテールの少女。

「はっはっはっ！　可愛《かわい》らしい白イタチ殿。姿形が変わってもこのリンドウの目は誤魔化せぬぞ！」

笑顔とは裏腹にその目はディーの正体を真《ま》っ直《す》ぐに射貫《いぬ》いていた。

「……そうだな、偶然は重なるものだ。なに、気にするな。俺たちは行くから、今度は行き倒れるんじゃないぞ？」

「お待ちくだされ！」

去ろうとするフラッドが再び呼び止められる。

「アシハラ大陸より参り申した、姓はサオトメ、名はリンドウ！　歳《とし》は十七、背丈は五尺五寸、武には心得があり、愛刀はこの太刀、銘は八《や》ツ胴《つどう》！　どうかこの御恩お返しさせてくだされ！」

「…………」

エトナとディーに助けを求めるも「お前が助けたんだから責任を持て」という視線を返されるフラッド。

「なるほど、東洋風だなとは思ったが。やはりアシハラ出身なのか」

「はっ！」

アシハラ大陸とはフラッドたちが住む大陸の海を隔てて東にある大陸である。

宗教以外の気候風土文化風習が異なるまさしく異国であるが、大陸間貿易もしているので、団子や煎餅といったアシハラ文化のものがこの大陸には数多くあり、その逆も然《しか》りであった。

「恩返しって、なにがしたいの？」

「はっ！　我が故郷《くに》では一宿一飯の恩義は命よりも重いもの、ましてや命を助けられたのなら、この命を以《も》ってお返しいたすのが道理！　今よりこのリンドウ・サオトメ、貴公を主君と仰ぎ、この身命を賭《と》してお仕えいたす‼」

食べ物をあげたくらいで命を差し出されるのは見返りが大きすぎるだろう。と、思うフラッド。

「いやいや、身命を賭して仕えるって……。そんな重要なことこんな簡単に決めていいの？」

「袖振り合うも多生の縁！　それにここは聖都！　この出会い、縁《えにし》、決して偶然ではありますまい！」

フラッドはエトナとディーを呼んでコソコソと話す。

「いやいやいや、いくらなんでも急すぎるでしょ……？　確かに人間の護衛が欲しいとは言っていたけど、こんな都合のいい展開ある……？」

「どうするんですかフラッド様。あの手は押しが強いですよ？　多分、断っても諦めないで後を追ってきますよ」

【前にも言ったが、あの女、相当できるぞ。素性は分からんが実力は確かだ】

「だからって……前に一回会ったばかりの素性もよく分からない東洋人を護衛になんてできないぞ……。もし仮にしたとしても、宮殿に入れられないだろう」

「とりあえず話を聞いてみたらどうですか？」

【うむ、裏があるようには見えんしな】

「分かった」

フラッドが顔を上げ、リンドウを見た。

「とりあえず自己紹介がまだだったな、俺はドラクマ王国で辺境伯を務めている、フラッド・ユーノ・フォーカスだ」

「おおっ流石《さすが》は殿《との》！　並のお方ではないとは思っておりましたが、大貴族であられたか！」

「殿？　それでリンドウ？　お前はなんでこの大陸にやってきたんだ？」

「はっ！　見聞を広めるために！」

「なんで行き倒れてたんだ？」

「路銀が尽きたので！」

「なるほど、分かりやすい。実に簡潔明瞭な受け答えだ」

「お褒めに与《あずか》り恐悦至極！」

「ベルクラントにいる理由は？　船で来たならどの国で降りたとしても、ここまで相当な距離があると思うが？」

ベルクラントは大陸中央にある内陸国である。

「自分は純白教徒で、特に黄金の従者に憧れておりましてな。一度大聖堂とやらを詣《もう》でてみたかったのです。ま、路銀が尽き、あと一歩というところで黄泉路《よみじ》に着くところでしたが」

わっはっはっと豪快に笑うリンドウ。

「確かに話すとかなりアシハラ訛《なま》りがあるな……。敬語なんだかため口をきかれてるんだかよく分からん……」

「それは申し訳なし！　この大陸に来るまでに直そうと努力はしたのですが及ばなんだ！　愛嬌《あいきょう》の一つと受け止めて下され！」

「自分でそれを言うのか……」

ござるやそれがしと言わないのはリンドウなりの努力の結果であった。

「うーん（悪いやつじゃないのは分かったけど、だからって昨日今日会った人間を護衛にするのもなぁ……）……」

「殿のご懸念《けねん》は分かります。このリンドウが信用に足る者かどうか、案じておられるのでしょう？」

「まぁそうだな。護衛ってある意味俺たちの命を預けるワケだし」

「全て本心である。と、純白の女神に誓いましょう。このリンドウ・サオトメの名と八ツ胴にも懸けましょう。もし私の言葉に一片の嘘《うそ》あらば、すぐさまこの腹かっさばいてご覧に入れましょう！」

（うーん……ここまで言ってるんだしなぁ。嘘をついてるようにも見えないし……）

悩むフラッド。

「どうなると思います？」

【主《あるじ》は押しに弱いからな。結局折れると思うぞ】

悩むフラッドの後ろでエトナとディーがフラッドの返答を予想しあう。

（けどリンドウがどこぞの国の間諜《かんちょう》である可能性も否定できないし、でも世話をするなら最後までしろってなんかの故事であった気がするし……？　いや、俺は難しく考えすぎているだけか？　むむむ……！）

ハッとするフラッド。

（あるじゃないか！　俺には相手を善人か悪人か見極めることができる完璧なロジックが！）

顔を上げ、まっすぐにリンドウを見るフラッド。

「リンドウ、お前はジャガイモを知っているか？」

「ジャガイモ？　さきほど頂戴したヤツのことでしょうか？」

アシハラ大陸から来たリンドウはジャガイモについての知識を持っていなかった。

「うむそうだ。ジャガイモという。味はどうだった？」

「初めて食べ申したが、死にかけていたことも相まって、今まで食べたものの中で一番美味く感じ申した！」

「だがあれは豚用の餌だと言ったらどうする？」

「なんと！」

「俺を恨むか？　それでも美味《うま》いと言えるか!?」

「恨みませぬし、ジャガイモは美味い！　武士に二言はありませぬ！」

即答するリンドウ。

「ジャガイモがどう蔑まれていようと、このリンドウにとっては命の恩人！　なにがあろうと蔑むことはござらぬ!!」

曇りなき眼《まなこ》でリンドウが答える。

「ごうっかぁーく!!　採用!!　お前は今日から俺の専属護衛だ!!」

「謹んで拝命仕《つかまつ》る!!」

「ええ……？」

【大丈夫なのか……？】

難色を示すエトナとディー。

「大丈夫だ、ジャガイモを好む者に悪人はいない！」

「その説唱えてるのフラッド様だけなんですが……」

【まぁ、仕方ないな。主が決めたのだから受け入れるまでよ】

「……ですね」

フラッドはリンドウへジャガイモの誤解を解く説明をし終えるとエトナとディーを見た。

「従者のエトナです。よろしくお願いします」

【使い魔のディーだ】

「よろしく頼むエトナ殿！　それに……喋《しゃべ》る魔獣とは改めてなんと面妖な！　よろしく頼むディー殿！」

【よろしく。と、言いたいところだが、使い魔の身としては、お前が主の護衛を任せられる実力があるのか？　それを確かめぬままでは受け入れられん】

リンドウが頷《うなず》く。

「尤《もっと》もだ。口先で己が実力を示すは小物と相場が決まっている」

【なるほど、では、確かめさせてもらっても構わんな？】

「無論――」

張り詰める空気にフラッドが困惑する。

「えっ？　どういうこと……？」

「しっ、黙っていてくださいフラッド様。空気読んでください」

「あ、ああ、ごめん……？」

【では、前にも見せた本当の姿で相手をしよう――】

ボシュッ――‼

ディーが変身を解き、本来の姿である巨体が現れる。

「おお……っ！　何度見ても雄々しく美しい……！」

リンドウは脅《おび》えるどころか、言葉どおり、本心からの称賛をディーにかける。

【では、始めようか――？】

「応よ――」

ディーが構え、リンドウも太刀を抜き霞《かすみ》に構える。

【ふっ、いい度胸だ。死なないよう加減はしてやる‼】

「同じく‼」

【シャア‼】

「むん‼」

ガギィ――ッ‼

ディーの鋼鉄すら引き裂き、巨木をなぎ倒す重さと鋭さを持った爪の一撃を事も無げに太刀で受け止めるリンドウ、その衝撃の凄《すさ》まじさは一瞬で地中に沈んだリンドウの足首から先が物語っている。

【あえて躱《かわ》さぬとは見上げた度胸だ‼】

「そちらも誇るだけのことはある重い一撃だ‼　次はこちらの番だ、行くぞっ‼」

ディーの右前足を弾いたリンドウが攻撃に転じる。

「むん――っ！」

【甘いっ‼】

甲高い金属音と共にリンドウの太刀とディーの爪が火花を上げる。

「……すごいな、まさかディーと対等に戦える人間がいようとは……」

「同意見ですけど、一応フラッド様はディーに勝ってますからね？」

「ありがとうエトナ。おかげでますます自分の魔法が信じられなくなってきた……」

「……私の言葉でもですか？」

「バカな。俺がエトナの言葉を信じなかったらなにを信じるというんだ？　信じる。自分は信じられないが、エトナが言う俺を信じる」

「まぁ、ならいいんですけどね……？」

少し頬を赤らめるエトナ。

「それにしても、リンドウの強さは予想外だな……。確かに護衛が欲しいと言ったが、ここまで強いとは……」

「ですね。話は聞いていましたけど、ここまでとは思っていませんでした。人助けはするものですね」

「だな……。そんな下心はなかったんだが……」

「これも巡り合わせというものでしょう。神は信じていないのですが、信じかけそうになりますね」

「そうだな。けど、サク＝シャに感謝するのはなんとなく不愉快だから純白の女神に感謝しよう。俺は純白の女神は好きなんだ」

「ですね」

フラッドとエトナが話していると、ディーとリンドウの試合も佳境となっていた。

【ゴアッ――‼】

「疾《シ》ッ――‼」

ディーの爪とリンドウの太刀が互いの首寸前で止まった。

「そこまでっ！　リンドウ！　申し分のない実力だった！　ディーももういいだろう？」

フラッドが止めに入り、ディーとリンドウは武器を納める。

【そうだな。小娘……いや、リンドウ、見事な実力だ。私の体毛を斬り飛ばすとは、その技量に得物、尋常ではないな】

「ディー殿こそ、巨体に驕《おご》らぬ俊敏さと狙いの正確さ鋭さ、どれをとっても非の打ち所がない。一撃でも受ければ必死であった」

ディーとリンドウは戦いを通して互いを知り合い、その技量に対し尊敬の念が芽生えていた。

「うん！　なんか上手くまとまったことだし！　日も落ちてきたし、とりあえず帰るか！」

そうしてリンドウを追加した三人と一匹はベルクラントへと戻った。

宮殿に入る前、フラッドがダメもとでリンドウを護衛にしたことを説明したら《邪念を持っているか判別できる》魔法を持つ神官が現れ、リンドウを判別し、邪念も嘘も無いと判断され、リンドウは無事フラッドの護衛として宮殿内でも共に行動できるようになったのだった。

# 第九話「今後の方針」

「さて……これからどうするかの問題だが……」

改めて今後どう動くか？　予知夢の内容を加味して相談を始めるフラッドとエトナとディー。

流石《さすが》に仲間にしたばかりのリンドウに予知夢・前世等の話はできない。するにしてもまだ早いとして隣室で休ませていた。

「大きなのは野盗と天災の二つですね」

【天災が一番の問題だが……目下の問題は野盗か……。我々も遭遇したが、あれは分隊に過ぎんらしい。本体と団長を捕らえない限り終わらんぞ】

予知夢では、野盗によって高位枢機卿《すうききょう》や大使が殺されることもあり、国際的な大問題となっていた。

「そうだな。今思えば野盗を跋扈《ばっこ》させたがために、アリスの立場が悪くなったことも確かだ。次に天災、これが決定打だった。そのせいでアリスは殉教し、その命と引き換えにべルクラントの市民を守ったのだから」

「ですが、飢饉《ききん》の時にも言いましたけど、天災への対策なんてできませんよ？」

予知夢では魔力竜巻という魔力災害がベルクラントを襲い、結界を突破して西の城壁を破壊すると同時にアリスが殉教して魔力竜巻を消滅させたが、そうしなければ宮殿の一部と特に北部商業区画は壊滅的な被害を受けていたとされる。

「魔力竜巻はどうしようもないなぁ……。そもそも、魔力災害が起きる原理は分かっていても対策する手段は見つかっていないんだし、俺が発見できるとも思えん……」

魔力災害とは、自然界に漂う魔力が様々な要因で一か所に滞留し、一定量を超えると竜巻や爆発といった天災と化す現象を指す。

【いつ起きるか、被害の大きかった場所はどこか、分かってはいるがどうやって説明するのか。それが一番難しいな】

「だな……。この日に魔力竜巻が起きて、この区画に壊滅的な被害が出るからなんとかして！　なんて言ったところで、たわ言と思われて終わるだろう」

「ですね……」

「とりあえず、野盗を対策しつつ、天災はできたらできたで、その時点での最善手を打って、アリスに殉教だけは絶対にさせないように……。ということで」

【だな。では目下の目標は野盗を退治すること。できれば我々が主導で、こちらがベルクラントに恩義を売る形で。が、好ましい。ということか】

「ですね」

「おお……！　方針が見えて来たな！　その路線で行こう！　まずは野盗、できたら天災対策、そして何よりもアリスの殉教防止だ！」

今後の方針が決まったフラッドは安心してあくびを漏らす。

「眠くなったんですか？」

「うん……ちょっと、な」

「どうぞ」

エトナがポンポンと自分の太ももを叩《たた》く。

「うん……」

頷くとフラッドはソファーに座るエトナに近づき、その太ももに頭を預け膝枕される。

「ディーも来い……」

仰向けに膝枕されるフラッドが自分の腹をぽんぽんと叩いた。

【おいおい……。私はこれでもドラクマの魔獣王なんだぞ……？】

「王にも休息が必要だろう？　俺の可愛《かわい》い使い魔……おいで……」

【仕方のない主《あるじ》だな……】

マスコット形態のディーはフラッドの腹の上に乗ると体と頭を下げてうつ伏せになり、フラッドがその背中を優しく撫《な》でた。

「ディーが鳥に変身して野盗のアジトを割り出したりできないか？」

【できなくはないだろうが、私一人じゃ色々と難しいぞ】

「だよなぁ。前の帝国戦のときみたいに、魔獣たちに協力してもらうのはどうだろう？」

フラッドの額に手を当てるエトナ。

【それもできなくはないが……ベルクラントの神官共次第だな……】

「どういうことだ？」

【魔獣も人間と同じく、得が無くては動かんのだ。帝国戦の時は主への報恩のためだった。だがベルクラントの魔獣たちは違う。ベルクラントに恩義も無ければ協力してやる義理も無い】

「確かにそうだな……」

【協力して欲しいなら、それに見合う見返りが必要だ。それを用意でき、魔獣に対して頭を下げられる器量がベルクラントにあるのか？　それが問題だ】

「なるほどな……。ディーの言うとおりだ……。神託の救世主として聖議に出席できる権

利もあるから、タイミングがあったら切り出してみよう……」

フラッドとディーはそのまま眠りにつき、エトナは長い間フラッドたちを見守り、風邪をひかないよう毛布を掛けて、自分もソファーで眠りについた。

ベルクラントへ続く山道――

そこにはベルクラントお抱えの大商人ツィベネアが荷馬車と共に長い隊列をなして私的に雇った護衛兵と共に進んでいた。

「まったく何度来ても嫌な隘路《あいろ》だ。早く進め！」

先頭の馬車が路上の真ん中に立つ一人の男に遮られる。

「いや～間に合った～。危なかったなぁ……」

「なんだお前は、そこをどけ！」

護衛兵がハルバードを向けつつ声を上げる。

「ツィベネア殿の商隊だよね？　おお、そこに見えるはツィベネア殿じゃないか！」

黒髪に髭《ひげ》を生やした二十～三十代ほどの見た目の長身痩軀《ちょうしんそうく》の男は、目を輝かせて護衛兵の後ろにいるツィベネアを見た。

「お前は……まさか、元枢機卿のロデリク殿か？」

　男の名はロデリク・ミトラィユーズ。二十歳という若さで最年少枢機卿となるも、一年前突如としてベルクラントを追放され、行方が分からなくなっていた男だった。

「久しぶりだねぇ。待っていたよ。積荷《つみに》を置いていけば命は助けよう。さぁ、降伏するんだ」

「………噂《うわさ》は本当だったのか。最年少枢機卿が今では野盗か、堕《お》ちたものだな」

「本当に堕ちているのはボクじゃなくベルクラントだよ」

「ふん、聞く耳持たんよ」

「その積荷いただくよ。随分と素晴らしい魔道具があると聞いているからね」

　ツィベネアの目が見開かれる。

「お前……どこでその情報を？」

「さぁ……？」

「殺せ‼　奴《やつ》はただの野盗だ、遠慮はいらん‼」

　ツィベネアの一声に百名近い護衛兵が得物を構える。

「警告はしたよ。それでもベルクラントの味方をするなら、死んでもらうしかないね」

　瞬間、ロデリクの背後に無数の石が漂い、礫《つぶて》となって護衛兵たちを襲った。

「ぎゃっ⁉」「ぐばっ！」「フルプレートアーマーを貫通するだと⁈」

「怯《ひる》むな！　奴の魔法だ！　数で取り囲め‼」

「愚かだなぁ……」

護衛兵が持ち場を離れロデリクに殺到した瞬間──

「「「おおおおおおお‼‼」」」

木々の間から百名近い野盗たちが一斉に姿を現した。

「なっ⁉」

絶句するツィベネアが最後に見たのは、自身の顔面に飛んでくる致死の威力を持つ礫で
あった。


教皇の間──

翌日、フラッドたちは教皇の私室を訪れていた。

「りんどー！」

「なんでしょう猊下《げいか》？」

「ありす！」

「猊下！」

「ありす‼」

「猊下‼」

「むーっ！　がんこっ！」

「一徹！　はっはっはっ！」

「うん、心配いらなかったな。流石はリンドウだ」

　急に教皇に会わせて萎縮するかと思いきや、まったく気にせず我が道を行くスタイルのリンドウに感心するフラッド。

「しかし猊下にお会いできることになろうとは、やはり殿との出会いは運命でしたな！」

「そうかもな」

「えとな、かみゆってぃ！」

「どのような髪型にします？」

「あみあみ！」

「……それは面倒なので、ツーサイドアップにしましょうか」

　アリスの髪の両端を慣れた手つきで結うエトナ。

「どうですか？」

「ぴょこぴょこ！　かわいい！」

嬉《うれ》しそうにピョンピョンと飛び跳ねるアリス。

「ふらっど！　ぴょこぴょこ！」

「いいじゃないか！　めっちゃ可愛いな！」

「かわいい？　ありすかわいい？」

「おう！　激烈可愛いぞ！」

「きゃー！」

両頬に手を当てて喜ぶアリス。

「アリス様、この後聖議もございますので、髪型は直させていただきます。エトナ様、申しわけございません」

「いえいえ」

「えー⁇」

エトナに頭を下げつつセレスがアリスの髪を整える。

「アリスと過ごす時間はなによりの癒《いや》しだ。楽しいな」

「そうですね。フラッド様の精神年齢はアリス様の実年齢に近いですから、よく波長が合うんでしょう」

「はは！　だな！　…………ん？」

アリスが着替え終えると、一同はチェザリーニを始めとする高位枢機卿《すうききょう》が集まる謁見の間へと移動し、聖議が始められた。

「内戦を終えガリアを統一したブレンヌスから、猊下より戴冠賜りたい。と、嘆願書が届いております」

「うむ。よくはかり、へんじをするとつたえよ」

「はっ！」

教皇モードのアリスは厳粛で私情を挟まない。

「猊下、ヴァンダル部族国から聖貢《せいこう》の使者が参りました」

「さく＝しゃきょうとをがいさず、しゅうきょうのじゆうをまもるなら、よきゆうこうこくとなる。と、つたえよ」

「はっ！」

アリスはチェザリーニや枢機卿たちから助言を受けつつ、諸問題に対して的確に応えていった。

「野盗による略奪が頻発し、大きな問題となっております。特に昨日、ツィベネア殿の商隊が襲われ、積荷は奪われ、ツィベネア殿や使用人護衛兵は殺害され、逃げ延びた者はわずかとのことです！」

場がざわつく。

ここにいる高位枢機卿たちは聖務や外交のため国外へ赴くことが多々あり、他人事《ひとごと》ではないからだ。

「やはり対策しませんと、我々も安心して他国へ行けませぬぞ？　すぐにでも山狩りをすべきでは？」

「それはもう議論を尽くしたでしょう。捜索範囲が広すぎて我々の兵力では足りぬと」

ベルクラントは国軍を持たない国家であり、ベルクラント衛兵はあくまで宮殿や要人の護衛と市内での警察的な役割を担《にな》うのみで、その数も必要最低量ギリギリであるため、野盗退治に割けるほどの戦力は持っていなかった。

「大司教、私兵はどれほど集まりましたかな？」

そのため、チェザリーニが対野盗用の私兵を集めていた。

「二百といったところでしょうか……」

「それではいけませぬか？」

「返り討ちが関の山でしょう……。もし運よく野盗のアジトが判明できたとて、ただでさえ相手のテリトリーで戦うのです。相手はいつどこからでもこちらを奇襲でき、罠《わな》も仕掛けることができます。不利になれば逃げることも……」

チェザリーニの言葉に皆が黙り、まだ控えていた報告官が続きを口にする。

「しかも、生存者の証言によりますと、野盗を率いていたのはロデリク元枢機卿であった。とのことです……！」

「なんと……」「これはまずいですぞ……！」「だから裁くべきだと言ったのです！」

神官たちが驚愕《きょうがく》と憤怒《ふんぬ》が入り混じったような反応をする。

「だれかかいけつさくはあるか？」

誰も応えない中、フラッドが小さく手を挙げた。

「ふぉーかすきょう、なにか？」

「一つよろしいでしょうか？　あくまで私は客人ですので、アドバイザーのようなものだと思っていただければ……。ベルクラントの国政に介入・干渉する意味ではない。と……」

枢機卿たちの様々な思惑を持つ視線がフラッドに集まる。

「確かにフォーカス卿《きょう》はこの中で唯一指揮官として実戦を経験されておられる。ご助言くださるなら是非ともお聞きしたい」

チェザリーニの言葉にアリスが頷《うなず》く。

「ゆるす、もうしてみよ」

「まずお聞きしたいのは、野盗の規模と練度はどれくらいのものなのでしょう？」

「おそらく百人前後の規模と思われます。統制はとれており、野盗化した傭兵《ようへい》集団ではないか？　というのが我々の見解でした……が、ロデリクが関わっているとなると違いますね……」

「そのロデリクというのは？」

「一年前に追放した元枢機卿です。仔細《しさい》は話せませんが、彼はきっとベルクラントのことを憎んでいるでしょう」

ロデリクという名が出た瞬間、枢機卿たちは恥を隠すかのように目を伏せる。

「有能なのですか？」

「はい。ベルクラント史上最年少で枢機卿になった男です。頭が良く、政治だけでなく、野盗討伐やギャングの一掃作戦なども任されていたので、実戦経験も豊富で魔法も扱えます」

「それはやっかいですね（しかもベルクラントの元関係者とか、複雑すぎてちょっと考えるだけでも熱が出そうだ……）……」

「奴らは基本は偵察用の分隊と本隊に分かれておりまして、分隊をいくら潰しても本隊は無事なまま、特にこちらが兵を動かしても偵察に捕捉され、本隊やその根城にたどり着けないのです」

「なるほど……。よく分かりました（つまりちょこまかした逃げ足の速いヤツらということだな？）」

アホなフラッドはなんか思ったより大ごとになってるしすごい注目されてる。という緊張もあり、あまりよく分かっていなかった。ただ顔だけはいいため、一同は物凄《ものすご》く深い思慮を持つ知的な頷きに見えていた。

「実は私の使い魔であるディーからご提案がございます。ディー」

頼む！　という瞳でディーを見るフラッド。

【え（丸投げ……？）……？】

まさかの丸投げに一瞬言葉を失うディーであったが、それも信頼の証《あかし》か？　とポジティブに受けとめ口を引いた。

【ドラクマの魔獣王ディーだ。この姿では説得力がないため、本来の姿に戻らせてもらう】

ボシュ――ッ！

ディーが本来の巨体に戻ると枢機卿たちが驚きの声を上げる。

「おお！　なんとっ！」「女神の相《そう》を持ち、人語も話せ、魔法まで扱える魔獣……まさに神獣では……？」「報告では聞いていたが……これはすごい……」

【お前たちの覚悟次第では、ベルクラントの魔獣王に協力を取り付けることができる。そうなれば、野盗のアジトの場所はいわずもがな、本隊や分隊の動向が手に取るように分かるようになる。野盗の裏をかけるだろう】

「帝国戦のとき、私も魔獣たちには大いに助けられました」

フラッドが魔獣との連携がどれだけ重要かを説明しディーをフォローする。

「なるほど……。それは千人の味方を得るよりも心強いですね。それで、その覚悟、というものはどういうものでしょうか？」

チェザリーニの言葉にディーが答える。

【協力を願うからには、相手に相応の見返りを用意するのは常識だ。違うか？】

「違いません」

頷くチェザリーニと枢機卿たち。

【まだ交渉を始めていないから分からぬが、最悪、教皇がベルクラントの魔獣王に頭を下げることを求められるかもしれん。お前たちはそれを受け入れられるか？】

場がざわつく。

「それは無理だ‼」「猊下《げいか》は全サク＝シャ教徒の長、人魔獣関係なく誰にも頭を下げることがあってはならぬ‼」「私は断固反対だ‼」

「みなしずまれ。でぃーよ、わたしがあたまをさげることがむりならば、どうする？」

アリスの言葉に静まる一同。

【うむ。確約が欲しい。私も主《あるじ》の使い魔、ドラクマの魔獣王としてベルクラントの魔獣王に会いに行く以上、恥をかかされるわけにはいかない。それは、一歩間違えれば魔獣戦争となるからだ】

「どのようなかくやくか？」

【私も向こうが愚かしい要求を突き付けて来たなら突っぱねるが、そうだな……。魔獣に対する保護令や貢納、領域を侵犯しないこと。教皇は無理でも、交渉締結の場に大司教は訪れること。だ】

「受け入れましょう」

騒然となりかけた場だったが、チェザリーニの即答により誰も言葉を発せなくなる。

「いいのか、だいしきょう？」

「はい猊下。野盗を、ロデリクを捕まえ、サク＝シャ教徒の安全が守られるのなら、私の頭ならいくらでも下げますし、求められれば額《ぬか》ずきもしましょう」

ただし。と、チェザリーニがディーを見る。

「貢納は内容によりますし、約束が履行されない場合は、こちらにも考えがあります。が、ご理解いただけますか？」

【お前はどうなのだ？ その命を懸けることになるぞ？】

「私の命一つなら如何様《いかよう》にも。散ったとて神の元へ召されるだけです。なにも恐ろしくはありません」

【立派な覚悟だ。教皇もそれでいいのか？】

アリスはチェザリーニを見て複雑な表情を浮かべたが、最終的には「うむ」と頷いた。

「よい。まじゅうおう《魔獣王》とのこうしょう《交渉》はでぃーにいちにんする。だいしきょうはそのよう《用》い《意》をすること」

「かしこまりました猊下――」

そして最後に、ロデリクの扱いをどのようなものにするか枢機卿たちは話し合い――

「では、本物のロデリクは一年前追放された後己を恥じて自害し、今野盗を率いているのはロデリクの名を騙《かた》る不届者。ということでよろしいですね？」

「うむ、だいしきょうにまかせる」

「はい猊下。アナタもいいですね？ ツィネベア商隊の生き残りの方々には、偽者《にせもの》であることをしっかり説明し、他言せぬよう釘《くぎ》を刺しておいてください」

「はっ！」

「フォーカス卿も他言無用に願います」

「もちろんです。今日私はなにも見聞きしておりません（これ以上面倒なもん背負わせないでくれ……）」

そうして聖議は終わり、野盗への具体的な対策が決定したのだった。

# 第十話 「ベルクラントの魔獣王」

「不安だ……そもそもロデリクって誰だよぉ。急に新キャラふやすなよぉ～」

フラッドはため息を吐《つ》いていた。

あれからディーがベルクラント魔獣王と話を付けに行き、数日後、話の大詰めをするため、ディーの主人であるフラッドも魔獣王会談に同席することとなっていた。

この話が上手《うま》くまとまれば大司教の出番となる。

【なにが不安だというのだ主よ。何回も説明しただろう。向こうは客人の安全を第一に考えているから、間違っても襲われることはないぞ】

「そっちの心配じゃないよ、俺がポカしてまとまりかけてる話がパーになることを恐れてるんだよ！」

【それは私も心配だ】

「私も大心配です」

「殿！　はっはっはっ！」

ファンタジア文庫の最新情報が満載！
ファンタジア FANTASIA チャンネル CHANNEL
2024 6
双子たちと訪れる、海と水着の夏休み！
重版続々！
森鷗外、夏目漱石——。
英国での因縁が彼らを結ぶ。
双子まとめて『カノジョ』にしない？3
著：白井ムク イラスト：千種みのり
夏目漱石ファンタジア
著：零余子 イラスト：森倉
ファンタジア文庫
毎月20日発売！
公式HP https://fantasiabunko.jp/
〒102-8177 東京都千代田区富士見2-13-3

ドラゴンマガジン7月号
王道ライトノベル誌
ドラゴンマガジン 7月号
電子版も配信中!
奇数月30日に最新号を配信
好評発売中!
表紙&
巻頭特集
デート・ア・ライブ
待望のテレビアニメ５期「デート・ア・ライブV」が
2024年４月より好評放送中!
今回は約２年ぶりに単独で表紙に迎え、
アニメ詳報ほか周辺情報などお届けします。
他にも2024年7月からTVアニメ放送の
「VTuberなんだが
配信切り忘れたら伝説になってた」、
「キミと僕の最後の戦場、
あるいは世界が始まる聖戦」SeasonⅡに加え、
2024年8月にミュージカルが上演される
「キミゼロ」続報など、
気になる作品の情報を多数お届け予定。
次号もお見逃しなく!
メディアミックス情報
TVアニメ好評放送中!
▶デート・ア・ライブV
ふろく 1
「デート・ア・ライブ」
リバーシブル
ドアプレート
ふろく 2
「デート・ア・ライブ」×
「ジュニアハイスクールD×D」
ビッグサイズポスター
イラスト／つなこ
切り拓け！キミだけの王道
第38回ファンタジア大賞
原稿募集中！
前期〉締切 2024年8月末日
詳細は公式サイトをチェック!
https://www.fantasiataisho.com
選考委員
細音啓「キミと僕の最後の戦場、あるいは世界が始まる聖戦」
橘公司「デート・ア・ライブ」
羊太郎「ロクでなし魔術講師と禁忌教典《アカシックレコード》」
賞金
大賞 300万円

美少女×3に
誘惑されて——
いちゃらぶするのも、
ヒモのおしごと。
校内三大美女のヒモしてます
著：暁貴々　イラスト：おりょう
「校内三大美女」——烏丸千景、小野司、醍醐桜子。貧乏でぼっちな僕が、なぜか三人に気に入られ!? 頼まれたのは、彼女たちの欲求を叶えるバイト。時給５０００円でいちゃらぶする、夢のハーレムヒモ生活開幕!
新作!

ジア文庫 6月の新刊
——これは
魔王を討つべく
殺し合った
勇者たちの物語だ。
正しい勇者の作り方
著:進九郎 イラスト:AIKO
新作!
魔王を斃す新たな勇者を決めるべく集まった勇者候補生と呼ばれる九十九人の少女と一人の少年。真なる勇者に選ばれるのはただ一人。それを決める方法は——最後の一人になるまで殺し合い、生き残るというもので……。
学校一の
美人から
身に覚えの
ない理由で
迫られてます。
どうしよう。
隣の席の高嶺の花は、
僕の前世の妻らしい。
今世でも僕のことが大好きだそうです。
著:渡路 イラスト:雨傘ゆん
新作!
隣の席になった神騙かがりは、僕の前世の妻だという。こちらには前世の記憶がないので全く信じていないけど、彼女は僕の行動パターンや好みを最初から把握していて——「だってお嫁さんですから!」「いや怖いよ!」
甘々なラブコメを。
美来さんは見た目だけ地雷系
著:高科恭介 イラスト:ハム
俺のクラスには、強く目を惹く容姿のひとが居る。『いわゆる地雷系、メンヘラってやつだよ、やめときな』そうに称される彼女には、俺しか知らない秘密があって——見た目だけ地雷系な女の子との甘々ラブコメ。
その他今月の新刊ラインナップ
・聖女先生の魔法は進んでる! 2
竜姫の秘めしもの
著:鴉ぴえろ イラスト:きさらぎゆり
・夏目漱石ファンタジア 2
著:零余子 イラスト:森倉円
・やり直し悪徳領主は
反省しない! 2
著:桜生懐 イラスト:へりがる
・双子まとめて
『カノジョ』に
著:白井ムク
・経験済みな
経験ゼロな
お付き合い
著:長岡マキ子
※ラインナップは
予告なく変更になる
著:浅岡旭
著:日日綴郎
著:羊太郎
KADO

「一人くらいフォローして⁉」

「やっぱり納得いかないです。なんで私も一緒に行っちゃダメなんですか？　安全なのでしょう？」

留守番のエトナは不満に頰を小さく膨らませていた。

「エトナが大切だからだ。魔獣側に悪意はなくとも野盗共がどう動くか分からん以上はな。だから正直俺もあんまり行きたくないし……」

「ご安心召されよ。殿はこのリンドウがお守りいたす！」

【私もいるぞ】

「うん……そうなんだけどね……？」

「ふらっど、ふぁいとー！」

黙って話を聞いていたアリスがフラッドの応援をする。

「よぉし！　俺アリスのために頑張っちゃうぞー！」

アリスをたかいたかいするフラッド。

「きゃー！」

フラッドの顔にしがみつくアリス。

「ふごふご！」

「ふらっどのかみきれー！　きんきん！　ふわふわ！」

　窒息しかけるもアリスを落とさないように踏ん張るフラッド。

「殿はきっといい父親《ておや》になれますな」

「子供と同じ思考回路ですけどね」

「はっはっはっ！　エトナ殿、男《おのこ》は少しくらい抜けているほうがちょうどよいのだ。あまり賢《さか》しらだと可愛《かわい》げがなかろう？」

「……そうかもしれませんね」

「えとな、きょうはずっといっしょ？」

　フラッドの顔に組み付いたままアリスがエトナに顔を向けた。

「ふっ、そうですね」

　微笑を返すエトナ。アリスの無邪気さは、基本フラッド以外に対しては無関心なエトナの心すら動かしかけていた。

「よかったですね、アリス様」

「うんっ！」

「ふごふご！」

　微笑《ほほえ》むセレスの言葉にアリスが満面の笑みで応える。

「仕方ありませんね。アリス様と待っていますから、早く帰ってきてくださいよ？」

アリスを優しくはがして地面に下ろすフラッド。

「もちろんだ。俺だって早く帰りたい」

そうしてエトナとアリスに手を振りフラッドたちはベルクラントを出た。

山中――

「それで今からベルクラントの魔獣王がいる山中に行くワケだが……。長いな、ベルクラントの魔獣王に名前はないのか？」

【無論ある。が、魔獣にとって名前は神聖なものだ。そう易々《やすやす》と許すものではない】

「そっかぁ……」

「我が故郷《くに》と一緒ですな」

頷《うなず》くリンドウ。

「えっ、リンドウはリンドウだろ？　本名じゃないのか？」

「いえ、リンドウはちゃんとした諱《いみな》……本名です。殿には心を許すどころか、身命を賭《と》してお仕えしておりますので」

「アシハラだと、許されてもない奴《やつ》が勝手に名前を呼ぶとどうなるの？」

「斬られても文句は言えませんな。侮辱していること、呪いをかけることと同義ですので」

「ええ……？　じゃあ許されない奴はなんて呼ぶの？」

「基本は仮名《けみょう》、姓か輩行名《はいこうめい》か官職名ですな」

「なるほど、分からん！」

【お前にもそのけみょうとやらはあるのか？】

「あるが、語るほどのものでもござらん。渡海するとき全てを捨ててき申した。今の私はただのリンドウ、リンドウ・サオトメ。それ以上でもそれ以下でもござらん！」

フラッドが「なるほどなぁ」と頷く。

「ちなみに、俺以外にも名前呼びされても大丈夫なの？　急に怒り出したりしない？」

「無論です。郷に入りては郷に従えといいますからな。この大陸でアシハラの常識を押し付けるのは道理から外れた行い。そもそも今は殿に仕えている身。たとえ侮辱されたとて、殿の御為《おんため》とあらば隠忍自重いたし申す！」

「ならいいんだ。だが、無理に耐え続ける必要はないぞ？　そういう時は言ってくれ。俺も家臣が侮辱されて我慢できるほど人ができていないからな」

フラッドの言葉に感激するリンドウ。

「殿……っ。はっ！　かしこまり申した！」

会話しつつ山の獣道に入るフラッド一行。

「なぁディー、ホントに大丈夫なんだろうな？　襲われたりしない？」

【なんだ主《あるじ》、私が信用できんのか？】

「ディーは俺の大切な使い魔だ。お前が信じられないなら寝食を共にするわけないだろ」

即座に否定するフラッドにときめくディー。

【主……（トゥンク）。大丈夫だ、人間と違って魔獣は嘘《うそ》をつかんからな】

「ホントにー？　知性と嘘は一対だろう？　そこに人とか魔獣とか関係ある？」

【まぁ、それはないこともないが、少なくとも私たちを騙《だま》して奴らが得する理由がないからな。野盗共は暇なときは魔獣を狩って魔石を集めているとか。ベルクラントの魔獣たちにも忌《い》み嫌われている。だから利害関係を見ても大丈夫だ】

「ならどうしてベルクラントの魔獣たちは野盗共に報復しないんだ？」

【地域性の問題だな。ベルクラントの周辺は草食魔獣が多く肉食魔獣が極端に少ない。報復する戦力が無いのだ】

「なんだかベルクラントみたいな話だな……」

「しかし腑《ふ》に落ちぬ話ではある。どうしてそのような偏りが起きているのだ？」

【簡単な話だ。ベルクラントは教義上、魔獣も人もサク＝シャが創った存在だから同等としている。魔石のために魔獣は狩らないし、業者に許可も与えない。が、人を襲う魔獣は別だ。自衛のための駆除は許した。そうして肉食魔獣が数を減らされ続けた結果が今だ】

ベルクラントでも合法的に魔獣を狩れる。それを見逃すほど魔石業者は甘くなかった。

「出る杭《くい》は打たれる……か」

【そのとおりだ。本来ベルクラントに魔獣王は存在しなかったが、そうして魔獣の戦力が減ったところに、調和をもたらすための魔獣王が生まれ今にいたる。というわけだ】

基本的に魔獣は自らが住む区域を統《す》べる者を長《おさ》と呼び、種族や国単位で統べる者を王と呼ぶ。

現ベルクラント魔獣王は実力によって全てのベルクラント魔獣長を降《くだ》し統べ、絶滅しかけている肉食魔獣を保護するために尽力している。と、ディーは語った。

「だが、肉食魔獣は人を襲わないとするなら、食糧難になるだろう？　他の魔獣を襲うしかなくないか？」

【別に魔獣を襲う必要はない。魔獣と獣は別だ。肉食魔獣は魔獣ではない動物を食料とすればそれで済むのだ】

「あ、そりゃそっか。たとえばだけど魔獣狼《おおかみ》と狼は同じようなものだと思ってた」

「ですな」

　フラッドの言葉にリンドウが同意する。

【それは人と猿の関係に似ていると言えば分かりやすいか？　似ているが同じではなく、同列には語れない存在ということだ。猿を食べる人もいるだろう？】

「聞いたことはあるけど猿は食べたくないなぁ……」

「特に脳みそは珍味とは聞きますがな！」

　ディーの言葉に納得しつつ、ベルクラントの魔獣王が待つ会合の場所へとたどり着いた。

「ここか？」

　そこはなにもない鬱蒼《うっそう》とした森の間にある開けた空間だった。

【そうだ……。うむ、来ているようだ――】

「確かに、ひぃふぅみぃ……大きなものは五か――」

　ディーとリンドウは魔獣の気配を感じ取っていた。

【――――】

　茂みの陰から巨大な狐《きつね》の魔獣が魔獣虎四頭を引き連れ姿を現した。

「ひぇっ……!?」

　まさかの魔獣虎の登場に脅《おび》えるフラッド。

【よく来たな、ベルクラントの魔獣王――】

【ギャン――！】

ディーの言葉に狐の魔獣が応えるように鳴く。

【よく来た、ドラクマの魔獣王とその主人よ。と、言っている】

通訳するディーに驚くフラッド。

「えっ、魔獣王とか魔獣長ってみんな人語が喋《しゃべ》れるんじゃないの？」

【……違うぞ。自分で言うのもなんだが、私が特別なだけだ】

「まじかぁ……」

フラッドは納得しながら巨大な狐の魔獣を見た。

リンドウは太刀の鞘口《さやぐち》を左手で握った臨戦態勢でフラッドの後ろに控えている。

【ベルクラントの魔獣王よ、約束通り我が主、ドラクマ王国辺境伯フラッド・ユーノ・フォーカスを連れてきた。これで文句はあるまいな？　こちらはお前たちが求めるとおりの礼を尽くしたぞ】

【ギャンギャン！】

【ふむ。待て、ちゃんと伝える、主よ――】

ディーがベルクラントの魔獣王からのベルクラントと条約を結ぶ際の条件を改めて伝え

る。

人を襲わぬ魔獣を攻撃しないこと、三年間魔獣に食料を提供すること、この条件を履行することを、教皇もしくは教皇の代理人がサク＝シャの名の下に誓うこと。である。

「うん。それで問題ない。そちらも問題なければ、後日、教皇の代理人である大司教が訪れ、盟約が締結されるだろう」

【ギャギャン！】

フラッドの返答にベルクラントの魔獣王がなにか口にし、ディーが顔を歪《ゆが》めさせる。

【ここにきてふざけたことを言ってくれるな、ベルクラントの……。私を舐《な》めているのか……？】

剣呑《けんのん》な雰囲気になり、慌ててフラッドがディーに声をかける。

「おいディー、いったいどうした？　なにか問題があったのか？」

【人間が本当に我等《われら》と盟約を結びたいのなら、教皇が頭を下げろ。と、吐《ぬ》かしてきおった】

「ふむ、それは受け入れられぬな――」

ディーの言葉にリンドウが同意する。

「ディー、リンドウ、二人とも落ち着け。まずはよく話を聞いてみなければ分からないだろう」

フラッドの言葉に殺気立っていたディーとリンドウが控える。

その様にベルクラントの魔獣王やその側近たちの魔獣虎もフラッドの確かな地位と実力を理解する。

【ギャッギャッ――！】

【ベルクラントの判断によって、我等の仲間は大いに数を減らした。人間同士が殺しあうのなら望むところ、その上を行きたいのなら、誠意を見せてみろ。ということだ】

「野盗の被害は魔獣にも出ていると聞いたが？　それでもいいのか？」

【ギャギャッ！】

【確かに野盗には仲間を乱獲されているが、だからといってベルクラントへの恨みが消えたというワケではない。と言っている】

「なるほど、だが、教皇は頭を下げることはできない。そこでどうだろう？　ここは俺が教皇の代わりに頭を下げる。それで許してはもらえないだろうか？」

【なんで主がそんなことをする必要がある?!】

「殿……それは流石《さすが》に……」

憤《いきどお》るディーと納得いかないという表情のリンドウをフラッドが片手で制する。

「ディー、必要なことはお前も痛いほどわかっているだろう？　ベルクラントの危機は俺の危機だ。分かったらそのまま伝えてくれ」

【くっ……！　分かった……！】

【コーン！】

ディーの言葉にベルクラントの魔獣王が納得するような鳴き声を上げる。

【主が額《ぬか》ずけば、ベルクラントの誠意を本物だ。と、納得できるそうだ】

「殿、リンドウはいつでも動けますぞ？」

涼しげな声に透き通るような殺意を乗せたリンドウの言葉に、フラッドは首を横に振る。

【主、私もこいつらを利用するより、武力で降して、私がドラクマとベルクラントの魔獣王になるほうが確実な気がしてきた】

ディーの激情を秘めた静かな言葉にもフラッドは首を横に振る。

「そんな野蛮な方法じゃ誰も助けられないしなにも得られないだろう」

ディーの前に出るフラッド。

「ベルクラントの魔獣王殿。アナタの疑心、もっともだ。俺はドラクマの臣でベルクラントの客人でしかないのだから。だが――」

フラッドは帯びていた剣を投げ捨て、両膝を地に着けた。

【主‼】

「殿‼」

「二人とも黙るんだ、今俺はベルクラントの魔獣王殿と話をしているんだ」

フラッドはベルクラントの魔獣王の目を真っ直《まっす》ぐに見つめて言葉をつづけた。

「俺の土下座一つでベルクラントと、ベルクラントの魔獣たちの平和が築けるのなら安いものだ。いくらでも頭を下げよう。ただし、こちらにも一つ条件がある」

【コ、コン？】

【なんだ？　と言っている】

「締結のために訪れる大司教は、教皇代理という立場だ。たとえ代理と言えど頭を下げることはできない。したくてもできない。何故《なぜ》なら、全サク＝シャ教徒の母の代理という立場だからだ。だから俺がここで頭を下げる。そちらが満足するまで何度も何回でも。それで許してはもらえないだろうか？」

頭を下げることに抵抗がないといっても、やり損だけは嫌なフラッド。

フラッドの提案にディーやリンドウが反発する。

【主‼　いくらなんでもそれはやり過ぎだろう⁈】

「殿、ご命とあらば控えますが、これはあまりにも……」

とうとうリンドウが右手を柄にかけた。

「ディー、これは俺の本心だ。一言一句違《たが》わず伝えてくれ。リンドウも柄から手を放せ。堪《こら》えてくれ」

【くっ……！】

【ギャ――‼】

【その誠意を見せてくれたら、お前たちを信用する。と、言っている】

どうせできないだろう。口先だけだ。そう思うベルクラントの魔獣王は次の瞬間、我が目を疑った。

「ならよかった！　ベルクラントの魔獣王殿、どうか、世界の平和のために、そのお力をお貸しくださ――」

ズザァーッ‼

なんの躊躇《ちゅうちょ》もなくフラッドが地面に額をつける寸前、ベルクラントの魔獣王が『大化』の魔法を解き本来の狐の姿に戻り、フラッドの額と地面の間に自身の体を入り込ませた。

「えっ……？」

小さくなった魔獣王のもふもふとした背中に自身の顔が埋まっているフラッドは状況がよく理解できていなかった。

顔を上げ、互いを見合うフラッドとベルクラントの魔獣王。

「…………」

【…………】

ベルクラントの魔獣王が口を開く。

【フラッド殿、私が見誤っていた。貴方《あなた》は上辺だけ、口先だけではない本当の誠意を持った御仁だ。試してしまった非礼を詫《わ》びさせて欲しい】

ディーの通訳にフラッドは認められた嬉《うれ》しさを感じて首を横に振る。

「ベルクラントの魔獣王殿、謝罪は不要だ（なんだ良い奴《やつ》じゃん）！　これからよろしく頼む！」

【コンコン――！】

フラッドの一切裏のない笑顔に、自身が非常に非礼であったと理解しているベルクラントの魔獣王は、その器の大きさに（勘違いだが）感服した。

【コン、コン！】

【私はフォーカス卿《きょう》に心酔した。我が名は《クゥ》。この名を許す】

クゥの言葉にディーやクゥ配下の魔獣虎たちが驚きの表情を浮かべる。

「ありがとうクゥ殿。これからよろしく頼む――」

そうしてフラッドとクゥは握手を交わし、無事盟約締結の最終段階まで話を進められたのだった。

# 第十一話　「アリスの涙」

【まったく、主《あるじ》が本当に土下座するかと思ってヒヤヒヤしたぞ！】

　プンプンと怒るディー。

「いや、ホントにするつもりだったよ？」

【だったらよりタチが悪い！】

「上手《うま》く話がまとまったんだからいいじゃないか」

「このリンドウ、殿の度量の広さに感服いたしました！」

「俺が頭を下げたところで失うものはなにもないからな。服がちょっと汚れるくらいだ。逆に頭を下げなかったら、色々なモノが失われていた。天秤《てんびん》にかけるまでもないだろう」

　一転してディーが「ふふん」と誇らしそうに鼻を鳴らす。

【あの魔獣王や魔獣虎たちは主に感服していたぞ。特に王は自分が王にあるまじき愚かしい要求をしてしまったと恥じ入っていた。主は人から見ても魔獣から見ても、高潔で格が違う。とまで言っていた。そこはまぁ、私も使い魔として鼻が高いぞ】

「終始冷静だった殿とは逆に、冷静さを失いかけていた自分に恥じ入るばかりです！」

「いや、リンドウは俺のために怒ってくれていたんだから、普通に嬉しいぞ。恥じることなんてなにもない」

「殿……」

「ただやっぱり疲れたな……」

会合場所は獣道を抜けた山の上にあり、行き来するだけでも相当に体力を消費していた。

「甘いものとジャガイモチップスが食べたい……。宮殿に戻って大司教に報告したら後は休むぞ！」

宮殿に戻る頃には日も暮れており、大司教と話を付けたフラッドはエトナが待つ迎賓室に戻った。

ディーとリンドウはまだ大司教と打ち合わせをしている。

「ただいまエトナ。疲れた……」

「お疲れ様ですフラッド様」

フラッドにブドウの果実水を注いだグラスを差し出すエトナ。

「んぐっんぐっ。ぷはぁー美味《うま》いっ！」

一気に飲み干すフラッド。

「私を置いて行ったんですから、それは疲れますよ」

おかわりを注ぐエトナ。

「だな。エトナがいないだけでこんなにも世界が変わるものかと思ったよ」

「私の大事さが分かりましたか？」

フラッドはエトナの瞳を真っ直ぐ見た。

「エトナのことをいつも考えている。なによりも、世界一、大事で大切でかけがえのない存在だと。エトナの大事さと大切さを忘れることなんてないし、感謝をしない日だってない」

「…………ならいいんですよ。ほら、脱いでください」

「うん」

少しだけ頬を朱に染めたエトナが手を伸ばしてフラッドの上着とスカーフを外してハンガーにかける。

「なんかベルクラントの魔獣王に俺が土下座する流れになったんだが、ディーとリンドウが怒ってな、危うく交渉が決裂するところだった」

フラッドが今日あったことをエトナに話す。

「どうしたらフラッド様が土下座する流れになるんですか……」

「いや、向こうがアリスに土下座させろって言うから……」

「……したんですか？」

「未遂だよ？　頭を下げようとしたら、向こうの魔獣王が地面と俺の顔のあいだにヘッドスライディングしてきたんだ」

はぁ……。と、ため息を吐《つ》くエトナ。

「まったく……ディーとリンドウさんの気持ちがよく分かります。そんな簡単に頭を下げないでください。私だってその場にいたら怒りますよ」

「マジか……」

「ええ。フラッド様は私が誰かに土下座を強要されたら怒りませんか？」

「怒るなんてものじゃない。もしエトナに土下座しろなんて言うヤツがいたらぶん殴る」

「同じですよ。私もディーもリンドウさんも」

「そっか……ちょっと二人には悪いことしたな……」

「でも、フラッド様はそうすることが最良だと思ったんでしょう？」

「ああ。だって、俺が頭を下げなかったら交渉が決裂してたっぽいし、そうなったら野盗は予知夢みたいに好き放題動いてアリスを苦しめるし、最終的に俺たちが破滅するかもしれないだろう？」

「なら仕方ないですね。だからこんなところに土がついてたんですね」

エトナがフラッドを労《いた》わるようにおしぼりでフラッドの額を拭う。魔獣王ヘッドスライディングのとき跳ねた土がついていたのだ。

「マジか、気付かなかった」

「名誉の汚れですよ。ホントにフラッド様は貴族っぽくないんですから……。今は辺境伯ですけど、その前だって伯爵なんですよ？　どうしてもっと貴族っぽい、めんどくさいプライド的なものを持ってないんですか？」

「それはあれだな。そもそも貴族とか伯爵であることを誇りに思ったこともないし、貴族って生まれが良いだけで、働かなくても飯が食えるラッキーな存在なだけ。としか思ってないからだな。まぁ、あまりにも無礼なヤツがいたら腹も立つが」

「フラッド様らしいですね」

「でも疲れたよ……。甘いものとジャガイモチップスが食べたい」

「今日はもう遅いですから、明日作ってあげますね」

「やった！」

子供のように喜ぶフラッドにエトナは微笑を浮かべたのだった。

翌日・教皇の私室――

「アリスー！　今日はジャガイモチップスをエトナに作ってもらったから一緒に食べよう！」

「なにそれー？」

聖議を終え、自室に戻ったアリスが首を傾《かし》げる。

野盗一掃作戦はチェザリーニが指揮を執り、実行寸前まで進められていた。

「ジャガイモを薄くスライスし水気を切って揚げたものだ。びっくりするほど美味いぞ！」

フラッドがジャガイモチップスが入った容器（毒見済み）を差し出す。

「おいしー！」

パリパリとジャガイモチップスを食べるアリス。

「だろ？　セレス殿もどうぞ。美味《おい》しいですよ」

「では、遠慮なく」

上品な仕草でセレスがジャガイモチップスを食べ、目を見開く。

「これは……すごいですね……」

「でしょう？　ただでさえ美味しいのに、エトナが作ったのでさらに美味しくなっているんですよ！」

「やめてくださいフラッド様。さすがに恥ずかしいです。レシピ通りなら誰が作っても味は同じですから」

「そんなことはない！　エトナが作ったものは何故《なぜ》かさらに美味いんだ！」

「えとなすごい！　めちゃおいしー！」

「……ありがとうございます」

赤くなるエトナ。

【ふっ、珍しくテレているぞ……。確かに美味いな……】

「いじらしいなエトナ殿……。うむ、美味い……」

ディーとリンドウもジャガイモチップスを食べ称賛する。

「うるさいですよ二人とも。静かに食べてください」

「アリスー、今日はなにがしたい？」

「ぴくにっく！」

「おっ、いいな！　けど、アリスは宮殿を出られないだろう？」

アリスが自由に行動していいのは宮殿の中だけだ。

「ていえんでおべんとたべる！　せれすがおべんとつくってくれた！」

「はい、こちらに」

セレスが弁当が入った包みを見せる。

「うん、なら行こう！」

「わーい！　えとなっ」

アリスがエトナの手を握る。

「ふふっ、仕方ないですね。一緒に行きましょう」

「うんっ！」

アリスと共に庭園に移動するフラッド一行。

アルビオン宮殿の庭園は大きく広く、手入れが行き届き、四季折々の様々な花が咲き誇っている。

「おおっ……これは、声を失うな……」

「ですね……」

花に興味のないエトナですらも庭園の壮観さに圧倒される。

「ふらっど、かたぐるま！」

「おおいいぞ！」

「きゃー！」

肩車されたアリスがフラッドの頭を上ではしゃぐ。

「楽しいかアリスー？」

「たのしー！」

「ならいい！」

「ぎゅいんぎゅいん！」

アリスがフラッドの髪を引っ張る。

「あだだっ⁈　コラー！　俺の髪は操縦桿《そうじゅうかん》じゃないぞー！」

「きゃっきゃっ！」

楽しそうなアリスを慈《いつく》しむように笑顔で見守るセレス。

「見ろアリス、蝶々《ちょうちょう》が飛んでいるぞ！」

「わー！　もんしろ！」

「惜しい！　黄色いから多分もんきだ！」

フラッドがアリスを落とさないように細心の注意を払いつつも走ったり飛び跳ねたりしてアリスを楽しませる。

フラッドにとってアリスはもはや他人ではない、実の妹、娘のように感じていた。

「ふらっどおろしてー！　ありすもはしる！」

「おうよ！」

降りてフラッドと一緒に蝶々を追いかけていたアリスが花壇に這《は》っていたミミズを見つけ、優しく手に取ってフラッドの前に持ってくる。

「ふらっど！　みみずいたー！」

「ぎゃー⁈　虫は無理ぃっ‼」

叫ぶフラッド。

「きゃっきゃっ！」

ミミズを手に持ったまま追うアリスと逃げるフラッド。

「来ないでー⁉」

割と本気で逃げるフラッド。

「平和ですねー」

エトナの言葉にセレスが応える。

「そうですね。フォーカス卿《きょう》やエトナ様、ディー様、リンドウ様には感謝しかございません。皆様が来て下さってから、アリス様はより潑剌《はつらつ》と、日々を楽しまれるようになりました」

「そうなら嬉《うれ》しいですね。アリス様には私たちも癒《いや》されていますから」

「ふふっ、アリス様は歴代一可愛《かわい》い教皇ですから」

セレスが茶目っ気を出して微笑《ほほえ》む。

「間違いないですね」

同意するエトナ。

「ありすかわいー？」

アリスがシートの上に座っているエトナとセレスの後ろから顔を出した。

「あら、アリス様。こちらにいらしたんですか？」

「うん、おなかへった！」

「フラッド様はどうしました？」

「みみずちかづけたらあわふいてたおれた」

エトナがアリスの目を向けた方を見ると、気を失ったフラッドがディーを頭に乗せたリンドウに肩を貸されていた。

「うーん……ミミズ……ミミズぅ……」

フラッドがなにやら呻《うめ》いている。

【まったく！　虫如《ごと》きで情けない主《あるじ》だ！】

「はっはっはっ！　ディー殿、完璧な人間などつまらんぞ！　虫が苦手など実に可愛らしいではないか！」

「ではアリス様、手を洗ってきてください。そうしたらお昼にしましょう」

「はーい！」

フラッドも意識を取り戻したので、皆で車座になりセレスお手製のサンドウィッチを食べる。

「おいしー！」

「うん、柔くて美味《うま》い！」

「美味しいですね」

「美味《びみ》！」

【美味いな】

「ありがとうございます」

はにかむセレス。

「美味い……。特にこの海老《えび》サンド、絶品にござる。アシハラでは食したことの無い味だ……」

思わず「ござる」が出てしまうほど味に感動するリンドウ。

「そう言っていただけると嬉しいです」

「揚げてあることは分かるが、このタレはなんなのだ？　あまりにも美味すぎる……」

「タルタルソースのことでしょうか……？　マヨネーズに色々混ぜたものです」

「海老にもこんな食べ方があったのか……。目から鱗《うろこ》だ――」

「リンドウはエビが好きなのか？」

「はい。一番の好物は焼きバッタなのですが、それに味が似ているので海老も好きなのです」

「ぶふぅっ⁉」

　紅茶を吹き出すフラッド。

「おお、どうなされた殿！」

「バッタ⁈　アシハラの人はバッタを食うのか⁈」

「食べますぞ！」

「フラッド様、この大陸でもバッタは普通に食べられてますよ？」

　エトナが補足する。

「マジか⁈」

「だいたいちょっと前に、庶民は虫食えとかほざいてた人がなに言ってんですか」

「あれはクランツのせいだって決着しただろうっ⁈」

「りんどー、ばったっておいしいのー？」

「ええ。驚くほど美味いですぞ。佃煮《つくだに》が一般的ですが、塩焼きが一番美味で、特にトノサマバッタが最高です。今度見つけたら振る舞って差し上げましょう」

「たべたーい！」

「ダメですアリス様。申し訳ありませんリンドウ様。アリス様はバッタＮＧです」

セレスがＮＧを出す。

「えー？」

「それは残念！」

子供の好奇心とは時として恐ろしいものである。

「たのしー！　ずっとこんなひがつづけばいいのに！」

皆のやりとりをニコニコと微笑みながら見てサンドウィッチを齧《かじ》るアリス。

「続くさ。アリスが望む限りずっと」

「ふふっ、うれしーなー」

「まだ子供だが、大きくなったらもっとできることがふえて楽しくなるぞ」

「うーん。そーかなー？　でも、そーいうことはかんがえないようにしてるのー」

「どうしてだ？」

「ありすはね、いつじゅんきょうしてもくいがないようにいきてるからー」

アリスの言葉に場が凍った。

「だから、おおきくなったらとか、みらいとか、あんまりかんがえないの。きょうとか、あしたとか、じゅんきょうがひつようになるかもしれないから」

六歳の子供が人のために己の命を捧《ささ》げることを覚悟して日々生きている。

アリスの壮絶な覚悟と、それを受け入れた生き様は、皆の心を打った。

「アリス……別に殉教は強制されるものじゃない。だから、未来を考えていいんだぞ？」

フラッドの言葉にアリスは首を横に振る。

「ううん。これはね、せいなるぎむなの。だからありすはこんなにいいくらしをさせてもらってるの」

「アリス様……。殉教なんて、しなくていいんですよ？」

エトナすら思わず口走っていた。

「ありがとえとな。でもね、ありすは、いまがじゅんきょうするときだとおもったら、するよ。だってそれはほかのたいせつなひとやものが、たいへんになってるってことだから」

アリスは殉教する場面が来たら迷わないだろう。ためらわず自身の命を神に、世界のために捧げるだろう。そしてその決心は絶対に揺るがない。皆それを理解し、アリスを畏敬した。

「そうか……。だが……少しでも嫌だと思ったらしなくてもいいからな？　それで誰かに責められたら、俺が守ってやる」

「私もですよ」

エトナとフラッドに優しく抱きしめられるアリス。

「…………」

アリスは虚を突かれたような表情を浮かべると。

「ふふっ……。おかしーなー」

にこにこと笑いながら——

「こんなにうれしいのに、あったかいのに……。なんでなみだがでちゃうんだろ……」

ポロポロと涙をこぼしたのだった。

# 第十二話「野盗討伐」

「フォーカス卿、ここに控える二百人が、今回の作戦に投入される私の兵です」

ネロを横に控えさせたチェザリーニが、フルプレートアーマーに身を包んだ兵たちをフラッドに紹介する。

整列するその姿には一糸の乱れも私語もない。

「おお……。もっと傭兵《ようへい》団的なものを想像していましたが、皆年若いですね……」

兵たちはフラッドと歳《とし》が変わらない、むしろ若い者もいた。

「しかも練度が高い。相当な訓練を積んでいるとお見受けいたす」

フラッドとリンドウの言葉にチェザリーニが頷《うなず》く。

「はい。この兵たちは私の子なのです」

「大司教の子？」

首を傾《かし》げるフラッドにネロが応える。

「皆、大司教が運営する養護施設出身の孤児たちなのです。大司教のために命を擲《なげう》つ志願兵。それが大司教の私兵なのです」

「なるほど。どうりで、大司教へ向けられる視線に信頼と忠義が見えるワケです」

フラッドは、大司教へ向けられる私兵たちの忠誠心を無意識ながら読み取っていた。

「今回の結果がよければ、正式に騎士団としてベルクラントに組み込んでいただけるよう、猊下《げいか》に上奏したく思っているのです」

「なるほど、素晴らしいお考えかと思います」

「今回は作戦にご同行していただけること、心より感謝申し上げます。フォーカス卿《きょう》がいらっしゃらなければ、この作戦自体決行されなかったことでしょう」

「ははは」

頭を下げるチェザリーニに苦笑いするフラッド。

「味方の戦力把握は大事も大事。なので、一応確認しておきたいのですが、私兵たちの中で魔法を扱える者はいますか？　お答えいただける範囲で構わないのですが、大司教やネロ殿は魔法を持っていますか？」

「私は魔法を持っておりませんし、剣もまともに振れない見た目通りの老人です。私兵たちも魔法を扱える者はおりません」

その言葉はフラッドが調べておいた情報通りだった。

「私は魔法を扱えますが、詳細は伏せさせていただきたく……」

ネロの言葉にフラッドは頷いたのだった。


昨夜・迎賓室――

「なんでっ⁈　どうして俺が作戦に参加することになってんの⁉　しかも天災と同じ日でこっちはなにも対策できてないのに⁉」

明日決行される野盗一掃作戦で、フラッドはチェザリーニと共に陣頭指揮を執ることになってしまっていた。

しかも、総指揮官はフラッドで、チェザリーニはその補佐という役割である。

「おかしくないっ⁉　これ失敗したら俺の責任にされるとかないよねっ⁉」

「それは大丈夫だと思いますよ。だってフラッド様は野盗の頭目がロデリクであることを知ってますし、もし作戦が失敗してフラッド様に責任を押し付けようものなら、ベルクラントも共倒れですよ」

「天災は⁈」

「諦めてください。人の身で天災をどうこうしようなどと、傲慢が過ぎましたよね、やっぱ」

【だな】

エトナの言葉にディーが同意する。

「だからって陣頭指揮はなくないっ⁉　俺実質総大将じゃん‼」

「流石《さすが》は殿！　他国で総大将を任せられるなど、厚き信頼と実力が評価されてこそですぞ！」

「ありがとうリンドウ！　だが違うんだ！　俺は総大将なんてやりたくないんだよ‼」

【私の主《あるじ》なのだから仕方ないだろう。主がいなかったら、誰がベルクラントの魔獣たちと連携を取るのだ？】

「いやいやいや、それはチェザリーニ殿かネロ殿でよくないっ⁈　だって帝国戦の時だってディーたちを活用・運用してたのカインで俺じゃなかったし‼」

【カインは主の子のようなものだろう？　それならまだしも私は大司教には従わんぞ。ベルクラントの魔獣たちも同じだろう】

「ぬぅん！」

よく分からない声を上げるフラッド。

「諦めてください、フラッド様」

「エトナっ、自分で言うのもなんだけど俺って結構偉いよねっ⁉」

「そうですね。ドラクマ王国最年少辺境伯ですし、上から数えると王族を抜かせば一番です」

「だったらそんな重役が最前線で陣頭指揮なんて正気の沙汰じゃないよなっ?!」

「フラッド様、お気持ちは分かりますが、もっと大きな視点でお考え下さい」

「大きな……視点……?」

「もし予知夢通りになれば破滅。今回の野盗一掃作戦は、予知夢を覆《くつがえ》す一手。フラッド様が行かないでどうします？　他人に自分の未来を任せるつもりですか？」

「運否天賦《うんぷてんぷ》も悪くはないな！」

呵々《かか》とリンドウが笑う。

リンドウには死に戻りについては教えぬまま、予知夢を見たという説明はしてあった。

「……分かった、行くよ……。リンドウ、ディー、俺の命を預けるぞ——！」

「死力を尽くし申す！」

【案ずるな主、私が付いている】

「私はここで、ご武運を祈ってますよ」

エトナは自分からベルクラントに残ってアリスのそばにいると提案したため、それをフラッドは聞き入れていた。

「エトナ……頼むぞ。セレス殿がいるとはいえ、アリスは自分の判断の下に賊討伐の部隊を送り出したんだ。どう転ぶか分からない結果を待つばかりで、不安を打ち明けられる大司教もいない。さぞ不安で心細いだろう。エトナが支えてくれ」

「ふふっ……。そうですね。支えますよ。けどフラッド様、ちゃんと帰ってきてくださいね？」

「無論だ。俺が死ぬときはエトナのそばでと心に決めている。それ以外の結末は認めない」

翌朝、フラッドはエトナを連れてアリスの私室を訪れていた。

「ふらっど、ぶじでかえってきて」

不安そうなアリスに微笑《ほほえ》み、不安などおくびにも出さず頭を撫《な》でるフラッド。

「ありがとうアリス。俺は大丈夫だ。絶対に死なない。一つ、アリスにお願いしたいことがあるんだ」

「なに？」

「実はな……。とても嫌な夢を見たんだ」

「ゆめ？」

「ああ、サク＝シャが夢に出てきてな。今日魔力竜巻が起きて、ベルクラントが襲われるということだ」

「――――」

アリスの瞳が無垢《むく》な子供から教皇のものになる。

「ふらっど、かみをかたる《騙》ことは、どのばでもゆるされない」

「うん、分かってる。だから、冗談じゃないんだ、アリス――」

真《ま》っ直《す》ぐにアリスの目を見返すフラッド。

「………」

「だから、もし、本当に魔力竜巻が起こったら、皆に南に逃げるように言ってくれ。危ないのは西門から北と宮殿の周辺だ」

「………わかった」

頷くアリス。

「セレス殿も頼みます。たわ言と受け取っていただいても構いません。ですが、戦場に持ち込む憂いを少しでもなくしておきたいのです」

「承りましたフォーカス卿」

「エトナ、頼む」

予知夢でアリスが殉教したのは民を助けるためであり、民の避難さえ間に合えば殉教しない可能性が高い。そう結論を出したフラッドたちは、天災に対してはそれ以上の打つ手がなかった。

「はいフラッド様、私もみすみすアリス様に殉教させる気はありませんから」

「うん……、では、行ってくる」

「フラッド様、ご武運を」

「エトナ……もし……」

最悪お前だけでも逃げてくれ。というフラッドの意図を察したエトナは微笑を浮かべその言葉を遮る。

「大丈夫ですよ、私も死ぬときはフラッド様のおそばでと決めていますから」

「うん……そうだな……。エトナを信じるよ――」

その後、アリスは教皇としてフラッドとチェザリーニたちを送り出した。

ロデリク率いる野盗のアジト手前の林の中――

フラッドがここに来るまでのやりとりを思い出していると、既にロデリク率いる野盗のアジトが目前に迫っていた。

ベルクラントの魔獣たちが、空から、陸から、ロデリク野盗団の警戒・監視をしており、団員一人一人の動きすら正確に把握していた。

フラッド（チェザリーニ）率いる野盗討伐部隊は、魔獣の情報をディーから受け取り見張りや偵察を一人一人隠密《おんみつ》に排除し、今は敵に気付かれることなく野盗のアジトを囲むように展開されていた。

「フォーカス卿、こちらの準備は整いました」

【こちらも用意は終わった】

チェザリーニとディーの言葉を受けたフラッドは観念したように静かに頷《うなず》いた。

【コーン！】

ベルクラントの魔獣王も協力し、裏切らない証《あかし》としてフラッドの横に控えている。

「では始めますか……！」

「フォーカス卿、少しお待ちを……」

攻撃開始の合図をしようとしたフラッドを止めるチェザリーニ。

「どうしました？」

「お許しいただけるのなら、降伏勧告をしたく思います。ロデリクも外道に堕《お》ちたとはいえ、元枢機卿《すうききょう》ですので……」

「えっ？」

チェザリーニの意見にディーが反発する。

【それは愚かな選択だ。一気に急襲し、相手が対応する間もなく一網打尽にする。これこそが合理的で最上というものだろう。わざわざ敵に気付かれぬよう包囲までして、今から攻撃しますよ。とは愚かしいにもほどがある】

「ディー殿の意見に同意ですな。無駄な死傷者が増える」

リンドウがディーに同意する。

「ネロ殿はどう思われる？」

リンドウの言葉にネロは首を横に振る。

「…………俺はチェザリーニ様のご意見に同意します」

「なるほど、貴公ほどの実力者が下した決断なら尊重しよう。相当な使い手であろう？」

「…………俺はチェザリーニ様の剣。それ以上でもそれ以下でもありません」

「それが貴公の忠義か――」

フラッドが活を入れるように自身の両頬を叩《たた》き、前を見た。

「ここでグダグダ言い合っても仕方ないっ。大司教殿の案を採用する！　降伏してくれるならそれに越したことはない！　行きますよ、大司教殿！」

「はい、ありがとうございますフォーカス卿《きょう》……！」

山頂に位置する崖を背に、三方が生い茂る木々の中、そこだけ木が生えていない開けた広い空間、それがロデリク率いる野盗団のアジトであった。

「ドラクマ王国辺境伯、フラッド・ユーノ・フォーカスである‼　諸君らは完全に包囲された‼　抵抗せず降伏しろ‼」

フラッドは見張り（処分済み）がいるはずの入り口？　からリンドウ・ディー・チェザリーニ・ネロと私兵を従わせアジトに入り声を上げた。

「えっ⁈」「なんだこいつらっ‼」「見張りはなにしてやがった⁈」

突然登場したフラッド一行に野盗たちが動揺する。

フラッドに続きチェザリーニが声を上げる。

「ベルクラント大司教枢機卿チェザリーニです！　ロデリク！　今すぐ武器を捨て降伏しなさい！　そうすれば猊下《げいか》も寛大なご温情をお見せになってくださることでしょう！」

動揺する野盗たちとは対照的に、悠然と野盗の中からロデリクが姿を現した。

無造作に伸ばされた黒髪と髭《ひげ》、首にはサク＝シャ教徒を示す桜大字《さくらだいじ》の首飾りがつけられており、本来なら純白の神官服が、経年劣化や汚れで浅黒くなっており、まさしく堕ちた神官そのものだった。

「待っていたよチェザリーニ！」

ロデリクが笑顔を浮かべ両腕を広げる。

「待たせた覚えはありませんが……。何故《なぜ》ここまで堕ちてしまったのです……？　我等は貴方《あなた》のことを思って追放処分で済ませたというのに……」

「だからだよ！　ボクは純愛のもとに行動した、ただアリスのことを愛していた！　教皇なんていう重責を押し付けられ殉教という強制義務からアリスを助けたかっただけだ！　なのに何故追放されなきゃならない⁉」

「ロデリク……。それは貴方の一方的な思い込みでしょう？　猊下はご自身の聖なる義務を受け止めていらっしゃいますし、そもそも貴方は猊下と聖務以外の接点はなかったではないですか……」

「違うね！　それはお前たちの詭弁《きべん》だ！　本当は殉教なんてしたくないのにそれを強制され、自分がいつ死ぬとも分からない恐怖と戦っているアリスの気持ちが分からないんだ！」

魔力と共にロデリクの周囲に石が浮遊する。

「猊下は貴方がいなくなったと聞いたとき、特に悲しむ素振りもなく、そうか、の一言で済まされましたよ？」

「それはお前たちの同調圧力のせいだよ‼　いくら賢くてもアリスは子供だ‼　お前たち

のような老人が一斉に同調を求めればいくら悲しくても表には出せないさ‼　心で泣いているんだよ‼」

「堕ちましたね……。ここまで拗《こじ》らせる人間はそうそういませんよ……」

ギィン――――ッ！

チェザリーニに放たれた礫《つぶて》をネロが斬り落とす。

「無垢な少女に殉教を強《し》いて、自らはおめおめと生きながらえ、サク＝シャ教に寄生し甘い汁を吸うクズ虫共が偉そうなことを言うなよ！　ボクから見ればお前たちの方が初めから堕ちている‼」

「ロデリク……」

「ボクは道を踏み外したんじゃないし、堕ちたワケでもない。真《しん》に歩むべき道を見つけただけだ！　これを見ろ‼」

紫水晶のような破片が埋め込まれた杖《つえ》を取り出す。

「ツィベネアから奪った被造物の欠片《かけら》だ！　これが手に入ったということは、ボクの行いが正しいとサク＝シャが認めたということだ！　つまり、アリスは教皇をやめたがっているんだ‼」

「……なるほど、確かに被造物の欠片だ。よく手にいれられましたね」

「神がボクに微笑《ほほえ》んでいるからね。悪いなチェザリーニ」

「……考え直す気はありませんか？」

「ないね！　やっぱりお前もお前たちも許せない！　ボクを追放した挙句　辱《はずかし》めやがって‼」

「ふぅ……。そうですか、説得は無駄のようですね」

「そうだよ。ボクにはアリスの言葉以外響かない！　これで予定通りお前たちを皆殺しにして、ベルクラントを滅ぼしアリスを救おう‼」

ロデリクが杖を掲げると、膨大な魔力が溢《あふ》れ、その身を覆う。

「では私も予定通り、ことを進めさせていただきます。アリスを輝かせるために――」

「どうやら説得は失敗のようですね」

下がってきたチェザリーニがフラッドに頭を下げる。

「はい……。申し訳ございませんフォーカス卿……」

「相手があれでは、仕方ありませんでしょう。追放された理由も、なんとなく察せましたし……」

「はい……。ロデリクは一年前、アリスは教皇になったことを本心では嫌がっている。と思い込み、救出という名目でアリスを誘拐しようとして捕まり、本来なら重い罰が下るはずだったのですが、まだ若いから。と、温情として追放処分で済まされたのです……」

「……なるほど。気持ちは分からないでもないですが……。不思議ですね？　アリスはロデリクの名前に特に反応していませんでしたが……？」

「はい。勝手に暴走したロデリクは、アリスの私室に忍びこもうとしたところを衛兵に捕らえられたので、アリスは自分が誘拐されかけたことなど知りませんし、知ればショックを受けてしまうから……と、内々に済ませてしまったのです。今思えば、しっかりと処罰するべきでした……」

「……仕方ありませんね。恋は時として人を狂わすものと聞きますから――」

頷きつつ、フラッドは大きく息を吸うと右腕を挙げ、声を張り上げ振り下ろした。

「攻撃開始‼」

合図と共に三方を囲む兵から矢が放たれる。

ヒュヒュヒュヒュッ――！

「ぐはっ⁉」「うわっ！」「やぁっ⁈」

三方からの射撃になす術《すべ》もなく射られる野盗たち。

「怯《ひる》むな！　ボクについて来い！　礫よ、稲妻となりて我が敵を討て‼」

ロデリクが杖を振ると大量の大小様々な石が矢よりも速く、木々を盾にして矢を射かける私兵たちを襲った。

「ぐっ‼」「かっ‼」「怯むな！　木を盾にしろ！」

「面白い‼　はあああああっ……‼」

地面から土が巻き上げられ、空中で巨大な鉄球のようになった土塊《つちくれ》が大木ごと兵士を薙《な》ぎ倒す。

「次はお前だ！　イレギュラーのよそ者‼」

ロデリクが空中に巨大な土塊を再び生み出す。

「やばっ⁉」

「…………っ」

【こっちだ‼】

「チェザリーニ様！」

圧倒されていたフラッドとチェザリーニをディーとネロが引っ張って直撃を回避する。

「おおお……」

今まで自身がいた場所が抉《えぐ》りとられており、声も出ないフラッド。

「不味《まず》いな、アレを何度も食らったらひとたまりもありませんぞ」

リンドウが冷静にそう呟《つぶや》く。

【どうする?!】

「相手は烏合《うごう》の集、殿の護衛はディー殿がいれば事足りましょう。彼奴《あやつ》は、このリンドウが仕留めて参ります」

太刀の鞘口《さやぐち》を左手で握り一歩踏み出すリンドウ。

「リンドウ！　大丈夫なのか？」

フラッドの不安そうな表情にリンドウは微笑を返す。

「ご案じ召されるな。あの程度ならこのリンドウが後れをとることはありませぬ」

「分かった、死ぬなよ！」

「承知仕《つかまつ》った！」

「お待ちを！　ネロ、リンドウ殿をサポートして差し上げなさい……！」

「かしこまりました」

「それと、分かっていますね？」

「……はい。ロデリクの被造物ですね」

問うチェザリーニに目で頷いたネロがリンドウの横に並ぶ。

「ネロ殿、助太刀感謝する！」

意外だ、という表情を浮かべるネロ。

「……アナタは助太刀無用。と、言うタイプかと思っていました」

「はっはっはっ！　ネロ殿、これは仕合ではなく戦。戦とは、犬と呼ばれようと畜生と呼ばれようと、どのような手を使っても勝つことが全てなのだ！」

「なるほど、よく理解した」

ネロが頷く。

二人は横並びで堂々とロデリクに向かって歩を進めた。

# 第十三話「ロデリク」

「こいつら舐《な》めやがって‼」「ぶっ殺してやるよ‼」「女だからって容赦しねぇ‼」

三人の大男が得物を振りかぶりリンドウに襲い掛かる。

「その辞世、受け取った――」

リンドウが柄に右手を添えた瞬間、三人の大男が地に倒れ、その伸ばされた右手には抜身の太刀が握られていた。

声もなく事切れた三人。

ロデリクや周囲の野盗たちも驚きに思わず動きを止めている。

その場にいた誰もが理解できないほど、隣にいたネロですら抜刀した瞬間を捉えきれないほどの剣速、さらに驚くは、日に当たって煌《きら》めく刀身には血が一滴も付着していなかったことである。

皆が峰打ちか？　と、倒れた男たちに視線を戻すと、思い出したかのように流れはじめた血が、ジワジワと地面を染め上げていた。

「魔法ではない……？」

ネロの独白にリンドウが応える。

「然《しか》り。早乙女《さおとめ》流太刀術、居合の型・刹那抜き。純然な武技だ」

「信じ難《がた》い……どれほどの才能と研鑽《けんさん》があればそこまで……」

滅多なことでは驚かないネロが感嘆の声を洩《も》らす。

「怯むな、行け‼　退《ひ》いたヤツはボクが殺す‼」

「うあああ‼」「ひえええ‼」「やだもおおお‼」

ロデリクの檄《げき》と共に悲鳴のような雄叫《おたけ》びを上げ襲い掛かる野盗たち。

「ふむ、やはり魔道具があるとはいえ、あれだけの大技を連発はできぬようだな」

声を上げるだけで攻撃をしてこないロデリクを冷静に観察するリンドウ。

「そうだな――」

同意しつつ、ネロはすれ違い様に四人の野盗を一刀のもとに斬り伏せる。

「お見事」

「そちらこそ」

二人は互いの実力に信を置き、背を預け雑魚《ざこ》を斬り続け、ロデリクの前に到達する。

「よく来たね、ベルクラントの犬たち。ボクを殺すのかい？」

「いや、降伏するなら殺さんぞ？」

「ふっ……。笑わせるな」

リンドウの煽《あお》りとも素直な返答ともとれる言葉に思わず吹き出すネロ。生涯で初かもしれない笑いだった。

「おお、それはすまぬ」

「ロデリク、それを渡せ。そうすれば全て上手《うま》くいく」

「やだねぇー！　邪魔するヤツは皆死んでもらう‼」

ロデリクが全身に魔力をみなぎらせる。


その頃、フラッドたち——

フラッドとチェザリーニたちは襲い来る野盗を冷静に対処し、味方への指示を続けていた——

本来の姿を現したディーとベルクラントの魔獣王であるクゥとその側近である魔獣虎四頭の前に、ただの野盗では勝負にすらならず無残に死体の山を築き上げるだけであった。

「こちらに兵は割かなくていい！　とにかく矢を射かけ続けろ！　散り散りになった相手に集団でぶつかれ！」

「皆フォーカス卿《きょう》の指示に従うように！」

ただでさえ奇襲に近い形で攻撃を受け、三方を敵に囲まれ逃げ場がなく、頼りの大将は敵将にかかりきりになってしまっている。

対して敵の大将は魔獣や精鋭に守られ万全の状態。

野盗たちの戦意は既に失われており、どうやってこの場から逃げようか？　という考えで頭がいっぱいだった。

元よりアンチベルクラントの思想を持つのはロデリクのみであり、後はロデリクの強さに従っているだけの、寝食の保証や金を得たいだけの犯罪者や傭兵《ようへい》崩れや、食うに困っただけのならず者たちなのである。

ハナから忠誠心も仲間意識もなかったため、今ではほぼ全員が我先に、誰をどうやって囮《おとり》にして自分は生き延びるか？　という心理状況であった。

「……包囲を抜けた者を深追いするな！　今ここに残っている者を倒すことに集中しろ‼」

「「「はっ‼‼」」」

こうなると戦況はほぼ一方的であり、あとはリンドウとネロがロデリクを仕留めることができれば終局であった。

ロデリク・リンドウ・ネロ――

「はあああああっ‼」

「むんっ！」

「シッ！」

リンドウとネロの斬撃を自身の周囲に何重にも展開させたレンガのようなブロックで防ぐロデリク。

膨大な魔力が付与されているレンガに剣の軌道を逸《そ》らされ弾《はじ》かれるリンドウとネロ。

「お前たちはなんのために戦い、命を懸けている⁉　ベルクラントにその価値があると思っているのか⁉」

ロデリクは斬撃を防ぎつつも鋼鉄すら貫通する礫《つぶて》の散弾を二人に撃ち込む。

しかしリンドウもネロも容易《たやす》くそれを躱《かわ》し、弾き、攻撃に転じる。

「枢《すう》機《き》卿《きょう》共は信徒のことなどなにも思っていない！　お前やお前も駒の一つでしかない！　アリスだけが信徒を思っている！　だがそのアリスですら枢機卿共の駒でしかないんだ！　ベルクラントは老害に蝕《むしば》まれている！　だからアリスを救って一掃しなければならないんだよ‼」

「面白い主張だ。青く初々《ういうい》しいな。しかし、だからこそ独りよがりだ！　それでは人の心を動かせん！」

「ぬっ⁈」

ギャリッ――‼

リンドウの一撃がロデリクの胸元を掠《かす》める。

「やるねぇ！　人の心を動かせない⁈　それは別にいいんだ！　ボクは人を動かしたいワケじゃない！　アリスを救いたいだけだ‼　青く初々しい？　誉《ほ》め言葉だ！　ありがとう‼」

笑みを浮かべるロデリク。

「お前は愛だ教皇のためだなどと大義を口にしている。だが実際はどうだ？　お前はなにをした？　ベルクラントの腐敗を口にし、猊下《げいか》の救出をお題目にしながら、やったことといえばならず者を率いて衆生《しゅじょう》を苦しめただけだ。なにがしたいのかよく分からん。言葉と行動がチグハグだ。本気で猊下を救い、ベルクラントの改革を望むのなら、お前は中から変えるべきだったのではないのか？」

礫を躱しながら攻撃の手を緩めず滔々《とうとう》と続けるリンドウ。

「実に中途半端《ちゅうとはんぱ》だ。闘争か逃走かどちらも選べていない。一つ聞かせて欲しい、こんな方法で猊下を救える。と、本気で思っているのか？」

「思うね！　雌伏の時は終わった‼　この力でボクは全てを終わらせる‼」

さらにリンドウの太刀がロデリクに肉薄する。

「ベルクラントが本当に腐敗しているのか、猊下がその立場を嫌がられているのか、それが真実なのかお前の妄想なのかは分からん。だがこれだけは言える。お前には確固たる芯と覚悟と呼べるものがない。それらしきものはあるにはあるが……取るに足らん。もうお前は今際《いまわ》の際だ。悔いを残したくないのなら、最後にその憎悪《ぞうお》なり信念なりを形にしてみせろ――」

リンドウが攻撃をやめ、大技を繰り出そうとするように太刀を担《かつ》ぎ、ネロも呼応するように攻撃をやめ大上段に構えた――

「あははは っ！　芯がない？　それは奪われたんだよ‼」

ロデリクの体に杖《つえ》を通して大地や大気中の魔力が収斂《しゅうれん》されていく。

「アリスゥ‼　ボクはぁ‼　アリスのためにベルクラントを滅ぼすよ‼」

「その被造物をこちらに渡すつもりはないのか？」

ネロの言葉をロデリクは即座に一蹴する。

「ないね‼　これはボクのものだ‼」

既に杖はロデリクの制御を超え、周囲の大気の魔力を手あたり次第取り込んでいる。

「はあああああああ‼」

叫び声と共に千を超える金剛石ほどの硬度を持った石の矢がリンドウとネロに狙いを定め放たれ──

「これで死──」

なかった──

「え………？」

ロデリクの心臓には深々とネロの剣が刺さり、背中はリンドウの太刀が鳩尾《みぞおち》を抜けて貫通していた。

「ごふっ……！　き……きたない……ぞ……っ」

リンドウとネロは大技を繰り出すフリをしただけ。

つられて大技を放とうとしたロデリクの隙を二人が見逃すはずもない。

「ロデリク殿、戦に綺麗《きれい》も汚いもないのだ」

「せめて、安らかに眠れ」

二人が同時に剣と太刀を引き抜き、ロデリクは血を噴き出しながら、よろよろと後ずさる。

「な……なんだよ……このあっけない……終わりは……！」

「死とはそういうものだ。望みどおりの終わりを迎えられる者はごく一部だ。それを理解し、理想的ではない自身の死を受け入れ、折り合いをつけ、精いっぱいの演出をし、満足する者こそが真の強者なのだ」

「お前は違ったようだな」

もはや言葉も出ず、背後の崖に落ちるロデリク。

(ああ……こんな……こんな……嫌だ……!!)

落下し、もはや声も出ず意識も薄れかける中、魔道具の杖だけは輝いたままロデリクや大気の魔力を吸い上げている。

(こんなところで終わるのか……？　アリスを救えないまま……？　アリスとボクの恋が報われないまま……？)

だが自分が今落ちていく場所を理解したロデリクは一杯食わされたと理解する。

(先生……全ては貴方《あなた》の掌《てのひら》の上だったというのか……？　裏をかいたつもりが……結局は……貴方の掌の上か――)

ロデリクは顔を歪《ゆが》ませ、持てる限りの魔力を杖に込める。

「ああ……アリス……この手に入らないのなら……せめて誰にも渡さない――」

その言葉を最後に、ロデリクは地面に衝突する前にその生を終えた。

「リンドウ殿は、ベルクラントが腐敗していると思うか？」

ロデリクが落ちた崖を背に、懐紙で太刀の血を拭っていたリンドウにネロがそう問いかけた。

「うーむ……。それを判断できるほど、ベルクラントのことを知らぬ」

「そうか……。奴《やつ》が言うほどベルクラントは酷《ひど》くない。少なくとも、猊下に全て押し付けて自分の利益を得ようとするような奴は、あまりいない」

無口なネロであったが、何故《なぜ》かその誤解だけは解いておきたいと思っていた。

「うむ！　信じよう！」

「あっさり信じるな？」

懐疑的なネロに闊達《かったつ》な笑みを返すリンドウ。

「ネロ殿の言葉だからこそ信じたのだ。共に戦った戦友だからな！　信じる理由はそれで十分だろう？」

「……そうか」

「おおーい！　二人とも無事かー?!」

ロデリクの死が決定打になり、野盗団は投降、その戦後処理をチェザリーニに任せたフラッドたちがやって来た。

「殿！　申し訳ありませぬ！　敵の首魁《しゅかい》に致命傷は負わせたのですが、この崖から落ちてしまい、首級を上げることができませなんだ！」

「シュキュー？　とにかくリンドウが無事なら問題ない！」

「殿……！」

【待て主《あるじ》、嫌な予感がするぞ……】

【コーン‼】

フラッドについてきたディーとクゥが毛を逆立たせる。

「どうした？　まだ敵がいるのか？」

【いや……この感じは……間違いない……！】

「なにが……？」

【魔力災害が起きる前兆だ‼】

「はぁっ⁈」

ディーが言い終えた瞬間、ロデリクが落下した崖下から、魔力の嵐が吹き荒れた。

「なんでっ⁈」

「殿、お下がりください！」

リンドウやディーに引っ張られ、崖際から避難するフラッドたち。

下から上へ雲を突き破る魔力の奔流、吹き荒れる暴風、響き渡る轟音《ごうおん》に身を縮めるフラッド。

「どうしてこうなった?!」

【おそらくあの崖下に魔力溜《だ》まりがあったのだろう。そこに奴が持っていた魔道具が干渉したというところか……】

「なんと！　ではこれはこのリンドウの責任……！　腹掻《か》っ切ってお詫《わ》びいたす！」

「…………」

太刀を抜いてもろ肌を脱ぎ、さらしに巻かれた上半身が露《あらわ》になるリンドウと無言のネロ。

「お前たちは悪くない！　もし責任があるなら総大将の俺だ！　だから刀をしまえ！」

切羽詰まって混乱しながらも、誰も悪くない。いるとするのなら俺だ！　と、覚悟を決めるフラッド。

「殿……」

「フォーカス卿《きょう》……」

【とにかく退避するぞ！　ここにいたら全滅だ‼】

フラッドたちはチェザリーニたちと合流すると、捕虜を連れながら急いでなんとか巻き込まれず下山することができた。

「あれが……魔力竜巻――」

先ほどまでフラッドたちがいた山頂には、巨大な魔力を帯びた竜巻が発生していた。

「あと一歩遅かったら全滅していましたね……」

冷や汗をかくチェザリーニ。

「頼む……！　せめてベルクラントに向かわないでくれっ……！」

フラッドの願いも虚《むな》しく、荒れ狂う竜巻はベルクラントへ向かって動き始めた。

「ああ……！」

「おお……神よ――」

崩れ落ちるフラッドに、祈るチェザリーニ。

魔力竜巻はロデリクや野盗の亡骸《なきがら》、草木、土石、大気に満ちる魔力、全てを巻き込みながらベルクラントへ進む――

# 第十四話　「魔力災害とアリスの覚悟」

「ふむ……。多少過程は違ったが、概《おおむ》ね予定通りか――」

フードの男はウロボロスのペンダントを光らせながら闇に消えた。


下山したフラッド一行――

「チェザリーニ殿！　なにかいい案はありませんか?!」

フラッドがチェザリーニに詰め寄る。

「ありません……。天災は人がどうにかできるものではないのです……」

「ですがこのままだと、ベルクラントとエトナとアリスが大変なことになります！」

「いえ……そうはならないでしょう。アリスには、猊下《げいか》には、殉教がございますから」

「…………」

チェザリーニの言葉に閉口するフラッド。

「アリスが殉教してベルクラントが救われても、アリスは二度と戻らないのですよ

「……？」

「無論、存じています。ですが、殉教とはそのためのものですので……。猊下が己の使命を理解し、民を救うためにその身を犠牲にされましたら、アリスは……いえ、猊下は、純白の女神に準ずる存在、教皇にとどまらない……新たな女神となられるのです――」

「?! 失礼する‼」

チェザリーニの言葉が理解できないフラッドは会話を打ち切ってチェザリーニから離れてディーに本心を打ち明けた。

「こうならないようにしたかったのに‼ どうしてこうなるんだ⁉ どうして俺はいつもこんなに役に立たないダメ人間なんだ‼」

誰にも聞かれない位置で一人動揺するフラッドをディーがなだめる。

【そう自分を貶《けな》すな主。主はよくやっている】

「やってない！ 結局なにも変えられなかった！」

【変えたじゃないか、無事賊を討伐しただろう？】

「賊を討伐した結果がこの竜巻ならやらないほうがよかった！ ベルクラントに残ってエトナとアリスを助けるほうがよかった……っ」

【予知夢ではなにもせずに発生した魔力竜巻が今回も発生した。どのみち逃れられん運命

というものだったのだろう。仮定をいくら議論しても仕方ない。だから落ち着け】

「エトナが危険に晒《さら》されているのに落ち着いていられるか！　俺はベルクラントへ戻るぞ‼」

【あの速さでは馬でも追い付けんぞ。ベルクラントに着いたとしても、全てが終わった後だ。どのみちどうしようもない】

「ディー、なにか足の速い動物に変身できないのか？　怪鳥とか俺を乗せて飛べるヤツなら最高なんだが？」

首を横に振るディー。

【あの魔力竜巻のせいで大気の魔力が根こそぎ持っていかれている。魔法は使えん】

「そうだ、虎！　魔獣虎は馬より足が速いだろう⁉」

フラッドがクゥの側近の魔獣虎たちを見る。

【いや、そんなに変わらん。しかも虎には馬ほどの持久力がない。ここからベルクラントまでどれだけ距離があると思っている？】

「クソッ‼」

膝から崩れ落ちるフラッド。

【落ち着け主よ。心配しすぎだ。いくらあの風速とはいえ規模が大き過ぎる。発生した時点でベルクラントから観測できているだろう。避けようと思えばいくらでも避けられる。来ると分かっている竜巻を避けないほど、エトナもアリスも愚かではあるまい】

「だからってあんなヤバいものがエトナやアリスがいる場所に向かって一直線と知って落ち着けるか!! なにがあるか分からないのがこの世の中だ! それにな、エトナはああ見えて誰よりも情が深いんだ!! 責任感の強いアリスのことだ、きっと『市民の避難が終わるまで自分はここを動かない』と言うかもしれない! そうなったら、エトナは自分がどうなろうと絶対にアリスのそばを離れないぞ! ああ……っ! こうなるなら、無理を言ってでもエトナとアリスを連れてくるべきだった……!!」

ヴォルマルクにエトナが人質に取られたとき以来に感情をむき出しにするフラッドに、ディーもかける言葉をなくしていた。

【なら祈るしかないだろう……。すまない主、私ではどうしようもない……】

フラッドは力なく首を横に振る。

「いや、ディーは悪くない。すまない。ディー……。お前に当たってしまった……」

【主……悲観し過ぎだ。事情を知っているエトナは残っているし、アリスに忠告はしたんだろう? なら大丈夫だ。信じて待つとしよう】

「そうだな……。信じるしかない……。エトナ、アリス……無事でいてくれよ……! 俺はお前たちを信じている……！　エトナっ……！　頼む……っ！　全てはエトナが頼りだっ……‼」

ベルクラント・謁見の間――

「きんきゅうじたいだ。みな、しみんをとし《都市》がい《外》へひなんさせよ。みなみに、みなみににげさせるのだ。このきゅう《宮》でん《殿》しゅう《周》へん《辺》にひとをのこらせてはならぬ」

魔力竜巻発生の報告を聞いたアリスは枢機卿《すうききょう》たちを緊急招集しそう告げた。

「猊下、南とはどういうことでしょう？　竜巻の進路はこちらですが、どこに直撃するかは不明なのですよ？」

「あの規模の魔力竜巻ですと、結界でも耐えられますまい！」

「市民を避難させるなら、東西南北の近い門から脱出させたほうが効率的なのでは⁉」

高位枢機卿たちの言葉をアリスはしっかり受け止めて応える。

「いまはぎろんするまもおしい。このたつまきをよそうしていたものがいた。そのものは、ゆめにさく＝しゃがでてきて、このたつまきがおきるといい、ひがいをうけるのはきゅう《宮》でん《殿》ほく《北》ぶ《部》、といった。わたしはそのことばをしんじる。ゆえに、みなはぜんりょくをつくし、たみをみなみへひなんさせよ。まちがっても、きたにはにがすな」

「おおっ……！　だから今日は城壁からの報告を密にするよう命じられたのですね！」

「ですが、予想が外れた場合どうなります……？」

「どうなのだ？　これはどうなのだ……？」

枢機卿たちも各々《おのおの》の反応をする。

「…………」

アリスは息を大きく吸うと、緊張で動悸《どうき》がする胸に右手を当て、息を吐き、全てを受け入れた表情で口を開いた。

「もし、たつまきがよそうをはずれたばあい、じゅんきょうし、みなをまもる‼」

アリスの言葉に侃々諤々《かんかんがくがく》としていた枢機卿たちが言葉を止め、アリスの覚悟に応えるように一斉に跪《ひざまず》いた。

「「「猊下の御心《みこころ》のままに――」」」

そうして全神官、全衛兵たちによるベルクラント市民避難誘導が開始された。

ベルクラント市内――

「皆ただちに退避するように！　慌てる必要はない。竜巻が到着するまでは時間がある！　混乱はせず、規律だって動くのだ！」

「気持ちは分かるが家財は諦めろ！　本当に大切なモノ以外は置いていくように!!」

「猊下は皆の避難が終わるまで城壁から離れない!!　見よ!!　あの教皇旗がはためく西門に猊下がおられるのだ!!」

ベルクラント市民は混乱し、持てるだけの家財を抱え我先にと逃げようとしていたが、教皇とはいえ、まだ六歳でしかない幼女が自分たちの安全のためにその身を危険に晒しているところを目《ま》の当たりにすると、自分のことしか考えていなかったことを恥じ、余計なモノは捨て誘導に従って静々と避難を始めた。


ベルクラント西城壁の上――

アリスはそこに立ち、眼前に迫る魔力竜巻を見つめていた。

「ひなんはどう？」

「はい。順調です。このままなら、間に合うかと」

セレスの言葉にアリスがホッとしたような表情を浮かべる。

「せれすとええとなはにげて」

アリスの言葉に、エトナは本当に軽く、ペチと、添えるようにアリスの頬を叩《たた》いた。

「えっ……？」

「子供が生意気言うんじゃありません。私もお供しますよ」

エトナとセレスはアリスへ優しく微笑《ほほえ》んだ。

二人の優しさに目を潤ませるアリス。

「ごめん……せれす……えとな……こわいよっ」

アリスの本音だった。

十数万もいる部下・市民の安全を守らなければならないこと。

自分の命がここで終わるかもしれないこと。

それは六歳の少女には重すぎる責任だった。

「大丈夫ですよアリス様。私は最後までアリス様にお供しますし、アリス様はこんなところで殉教される必要もありません」

セレスはアリスを諭しながら優しく抱きしめる。

「そうですよアリス様。フラッド様が言ったじゃないですか、南に逃げれば大丈夫って。私はフラッド様を信じますし、アリス様を見捨てませんから」

そう言ってセレスの反対側からアリスを抱きしめるエトナ。

「せれす……えとな……ありがと……」

アリスが礼を言い、二人の母性、温かさを感じていると、避難したはずのベルクラントの元老、高位枢機卿たちが戻ってきた。

「…………おまえたち、なにしにきた？」

アリスが教皇として声をかけると、高位枢機卿たちは皆一斉に跪いた。

「「「猊下《げいか》と運命を共にいたします」」」

枢機卿たちの言葉に目を潤ませるアリス。

「ありがとう。みな、わたしはうれしくおもう。こうえいだ。うれしい。きょうこうとなって、これほどうれしいことはなかった」

「皆様は思っていたよりも、気骨のある方々だったんですね」

エトナの呟《つぶや》きにセレスが笑顔で応える。

「ええ、ベルクラントの神官は皆、心から神に仕えているのですから」

そうして目前まで竜巻が迫り、ベルクラントに展開されているドーム状の魔法障壁・結界とぶつかる。

徐々にヒビが入る結界。荒れ狂う魔力を帯びた竜巻。

「…………」

アリスは怖ろしさに冷や汗をかき、手を握りしめ、その小さな拳に、両隣の覚悟を決めたエトナとセレスが優しく手を添える。

「…………ありがと」

感謝の言葉は竜巻の轟音《ごうおん》によってかき消される。

ビシッ――‼

結界に亀裂が走り、もうだめかと皆が思い始めたとき――

「猊下ー‼　市民の避難完了しました‼」

衛兵長が現れ声を上げた。

「ごくろう！　みな、ひくぞ！」

「「「はっ‼」」」

ほどなくしてアリスたちは皆無事に脱出した。

アリスはフラッドの助言と残ったエトナの献身により、予知夢のように殉教せず、生き延びることができたのだ。

結果的に魔力竜巻はベルクラントの西から北の城壁結界と、街と宮殿の一部を壊して自然消滅したのだった。

# 第十五話　「ビザンツの女傑」

ベルクラント・離宮――

魔力竜巻によってアルビオン宮殿の一部が損壊してしまったため、修理が終わるまでアリスたちはペンドラゴン離宮に移っていた。

「ビザンツ帝国特使、カリギュラ・マルハレータ・ビザンツ第一皇女殿下！」

燃えるような赤髪に桜色の瞳を持つ美しきビザンツの剣、カリギュラ・マルハレータ・ビザンツがアリスの前に進み出る。

「よくぞこられたかりぎゅらどの《カリギュラ殿》。こたびのびざんつていこく《ビザンツ帝国》のしえん《支援》、こころよりうれしくおもう」

アリスの言葉に跪くカリギュラ。

「ありがとうございます猊下。ですが、ベルクラントを助けるはサク＝シャ教徒として当然の務め。礼は不要でございます」

先の魔力竜巻で被害を受けたベルクラントに対して、数多くのサク＝シャ教国が支援を表明し、ビザンツ帝国やドラクマ王国もその一つであった。

「おもてをあげよかりぎゅらどの、なんじのかおをみたい」

「はっ！」

顔を上げるカリギュラ。

目と目が合う二人。

「…………」

「…………」

アリスはカリギュラの持つ覇気、強い意志を宿した瞳、容姿と所作の美しさに、今まで出会ったことのないタイプ、王の器とはこういうものなのかと感じ取った。

「猊下、此度《こたび》の災害でのお振舞い、このカリギュラ感服いたしました。御身《おんみ》を危険に晒《さら》しながら民の避難を優先されるとは、まさしく我らサク＝シャ教徒の母に相応《ふさわ》しい」

アリスを試すような微笑を浮かべるカリギュラ。

「そのことばうれしくおもう。だが、はは《母》はこ《子》をみすてない。あたりまえのことをしたまでだ」

「たとえ一人でも残された者がいたなら、留まり続け、殉教されるおつもりだったのですか？」

「むろんだ。かずのもんだいではない」

「殉教を、たった一人の名もなき民のために用いられると？」

カリギュラの攻撃的な問いかけに枢機卿《すうききょう》たちがざわつくが、当のアリスは落ち着き払い誰の助言も受けずに答える。

「めのまえのものからたすけよ。さすればせかいをたすけることとなる。きょうこう《教皇》でもいち《一》しんと《信徒》でも、そのおしえはかわらぬ。めのまえのものをたすけるちからがあるのなら、まようことはないのだ」

「なるほど……。愚問でした」

「かまわぬ。こ《子》のぎもんにこたえることも、はは《母》のつとめ」

カリギュラはアリスを高位枢機卿たちの操り人形ではなく、個を、自身を持っている。

教皇として有能で優秀、神童だという噂《うわさ》はまことであったと理解する。

「猊下、私にご用命があれば、なんなりとお命じください」

「うむ。たよりにしているぞかりぎゅらどの」

「はっ！」

そうしてカリギュラは謁見の間を後にした。

離宮・フラッドたちの部屋――

「陛下からもご許可をいただいたし、カインへ支援部隊を送るように文を認《したた》めねば！　アリスも助けられるしベルクラントに恩も売れるし一石二鳥だ！」

エトナをお姫様抱っこしていたフラッドがそう口にした。

災害後、数日経《た》ち、予知夢での教皇が殉教した日も過ぎたことで、フラッドは「やった……！　これで未来を変えられた！」とすっかり安堵《あんど》していた。

【主《あるじ》……いつまでエトナをそうしているつもりだ……？】

「俺が満足するまでだ‼」

「はっはっは！　殿にここまで想《おも》われるとは、エトナ殿は幸せ者よな！」

フラッドは自分の予想が当たってアリスと生死を共にすることを決めていたエトナに「それでこそエトナだ！」「だが、俺の知らないところでいなくなることは許さん！」「見捨てないで……」と、複雑な心境も相まって、暇があればずっとエトナをお姫様抱っこするかそばに控えさせていた。

エトナもこうなったフラッドを説得することは無理と理解しているため、満足するまで好きにさせておこうと諦めていた。

「満足していないからな‼」

「フラッド様……流石《さすが》にもうよくないですか……？」

気持ちは嬉《うれ》しいが度が過ぎますよ？　というエトナの視線に素直に頷《うなず》くフラッド。

「むぅ……。エトナがそう言うなら仕方ない……」

渋々とフラッドはエトナをおろした。

「とにかくカインに手紙を書かねば！」

机に向かうフラッド。

「可愛《かわい》いカインへ。陛下と猊下の許可は取ったから、復興支援部隊を派遣してくれ。速攻で……違うな、なるべく早く……？　うーん、大至急のほうが分かりやすいか？」

フラッドが声に出しながら筆を動かす。

【……黙って書けんのか？】

「可愛いいります……？」

「黙ってか……ちょっちょっちょっ、エトナ、ディー、声かけられると頭がこんがらがっちゃうからっ」

書き損じを捨て新しく書き直すフラッド。

「大至急で、迅速を……拙速を……？」

「拙速を尊ぶ、ですな」

「ナイスリンドウ！　大至急で拙速を尊ぶ、とにかく早ければ早いほどいいし、部隊員も優れていればいるほどいい。たたま……たたます……？」

「多々益々《ますます》弁ず。ですな」

「グッジョブリンドウ！　多々益々弁ず……。と。こんな感じかな？　いや、一秒でも早くカインの顔を見たい。も入れておこう」

「顔を見たいのくだりはどういう意味ですか……？」

「え？　そのままの意味だけど……？　ぶっちゃけホームシック気味だからな。ホントならサラにも会いたいが、それは堪《こら》えた」

【ゲラルトの名前も挙げてやったらどうだ……？】

エトナの言葉にフラッドが至極真面目に答え、エトナは面倒くさいので頷いて受け流した。

書き終えると封蝋《ふうろう》をして、ベルクラントの使用人に速達で届けるように渡すフラッド。

「よし、これでいいだろう」

手紙を渡された使用人と入れ違いで新たな使用人が入って来る。

「フォーカス卿《きょう》、ビザンツ帝国第一皇女殿下が、卿との面会をご希望されております」

「えっ？　カリギュラ殿が？　というかなんでベルクラント来てるの……？」

「ビザンツ……。アシハラにも名前が届くほどの大帝国ですな。そこの第一皇女殿下と面識があるとは……流石殿！」

「まぁ、色々あってな」

「それどころか、ビザンツの第一皇子を一騎打ちでボコボコにしてますからね」

「なんと！　殿はそこまでの豪傑であられたか！」

エトナの言葉に目を輝かせるリンドウ。

【とりあえず会っておいた方がいいだろう】

「そうだな、支度するか……」

「…………」

支度するフラッドを背に、リンドウは無言のまま扉に目をやり鞘口《さやぐち》に手をかける。

「いるかフォーカス？」

ノックもせずドアを開けぞろぞろと入室してきたカリギュラと近衛兵《このえへい》と使い魔のロデム。

「あひゃっ?!」

「あひゃ？」

「なっ、なんでもありません。お久しぶりですねカリギュラ殿（いきなり入って来くるなよ心臓止まるかと思ったわ！）」

「すまぬな。お前に会いたい想いが、お前の返事を待つ忍耐を超えてしまったのだ」

「はは、それは光栄です。せっかくです、座って話しましょう」

フラッドがソファーに座り、その対面に腰かけるカリギュラ。

「フォーカス、前に我が国の大使がお前に無礼を働いたようだな？」

「えっ……？」

そんなヤツいたっけ？　と、ベルクラント到着初日に舌戦を挑んできた大使の存在を忘れていたフラッドは、しばらく考えて「ああ、いたわそんなヤツ！」と思い出した。

「敗戦時のことを持ち出した挙句返り討ちにされるとは、恥の上塗り、帝国の恥さらしだ。罰しようか。なぁ、フォーカス？」

「えっ⁈」

自分のせいで人が罰されることが嫌なフラッドは首を横に振った。

「……いえ、大使殿は自らの職務を全うしようとなさっただけでしょう。それは私にとっては非礼であっても、帝国にとっては忠節の証《あかし》。もし私のためを思って罰されることをお考えなら、ご再考を願いたく思います」

愉快そうにカリギュラが笑う。

「ふふっ、お前ならそう言うと思ったよ」

「失礼します」

カリギュラへ紅茶を差し出すエトナ。

毒見役が「失礼します」と言って紅茶を毒見する。

「エトナと言ったな」

「はい殿下」

「愚弟が迷惑をかけた。立場上頭を下げるわけにはいかんが、口頭では謝罪しよう。すまぬ」

驚くカリギュラの近衛兵たち。

エトナも少しだけ驚きに目を見開いた。

「私のような者に、もったいなくございます。全ては過去のことですし、殿下が悪いワケではございません。お気になさらないでください」

頭を下げるエトナ。

「うむ、分かった」

頷きつつ毒見の済んだ紅茶を口にするカリギュラ。

「そうだフォーカス、あの愚弟は廃嫡となったぞ」

「さようですか」

フラッドの感情のない返答に意外といった表情のカリギュラ。

「ふむ……？　大使は庇《かば》うが、愚弟は庇わんのだな？」

「私も聖人というワケではございません。許せるものと許せぬものがございます」

「なにが許せぬのだ？」

「私の大切な者を傷つける者は絶対に許せません」

「お前自身が殺されかけたことはいいのか？」

「はい。結果論ですが、こうして生きておりますので」

「お前の大切な者も無事だっただろう？」

「それは許せぬ結果論です」

「ふはっ！　やはりお前は面白いな、フォーカス」

カリギュラは笑いながらフラッドの後ろに控えているリンドウに目を向けた。

「ところで、お前が新たにフォーカスの護衛になったというアシハラの者か？」

無言のまま会釈《えしゃく》するリンドウ。

「できるな、確かに腕は立つようだ」

「貴公もなかなか、目の前にしているだけで肌が粟立《あわだ》つ」

「ふふっ。誉《ほ》め言葉と受け取っておこう。フォーカス、少し内密な話がある」

真剣な表情になるカリギュラ。

「分かりました（二人きりになるのちょっと恐《こわ》いけど……）……。皆、出てくれ」

「お前たちもだ。ロデム、お前もだ」

【ガウッ！】

そして室内はカリギュラとフラッドの二人だけとなる。

「……それで、内密なお話というのは？」

「ああ。今回の騒動、あのフードの男の影が見える。と言ったらどうする？」

予想していなかった言葉に驚くフラッド。

「それは……。我が家令やヴォルマルク殿を唆《そそのか》し、内乱を画策し戦争を引き起こさせエトナを攫《さら》った、あのフードの男ですか？」

「そうだ。今回のお前が討伐した野盗、商人から奪った魔道具を持っていただろう？　その情報、魔道具の使い方、誰から得たと思う？」

「フードの男だというのですか……？」

「うむ。帝国は借りは絶対に返す。故に奴《やつ》をずっと追っていた。そうしてベルクラントにたどり着いた。というわけだ。今回ベルクラントに来たのも、特使の役目はついでで本命はそのためだ」

なるほど、とフラッドが頷く。

「では、まだ奴はこの国にいて、なにか画策している……と？」

「その可能性が高いな。お前はどうする？」

まだアリスが殉教する可能性がある？　まだ未来は変えられていない？　と思うフラッド。

「フードの男に関しましては、カリギュラ殿にお任せします。私は警戒しつつ猊下《げいか》をお守りしようと思います」

なら自分はアリスをそばで守ろう。フラッドはそう決意する。

「なるほど……。奴がことを起こすなら、教皇関連ということか」

「ベルクラントでなにかを画策しているのなら、そう思わない方が不自然です」

「私は奴を追う。あの教皇を守るつもりも、変事が起きても介入するつもりもない。ただあの男を追い、討ち果たす。それでもいいのだな？」

「はい。奴の狙いがわからない以上、私はどうしようもありませんからね。ただ……」

「ただ、なんだ？」

「今までの行動から見ますと、奴は人をけしかけますが、基本は傍観者気取りです。もし、ベルクラントで変事が起きたなら、奴は離れたところでなにかするか、傍観している可能性が高いです」

「なるほど、奴を見つけるのならそこが狙い目だな。教皇をエサにして奴を釣り上げるとしよう」

「はい」

「ありがとうフォーカス。やはりお前と話すと楽しいよ。新たな発見も多い」

「こちらこそです」

二人は厚く握手を交わしたのだった。

# 第十六話「チェザリーニの乱」

アルビオン宮殿——

災害から二週間ほど経《た》ったころ、半壊した宮殿の謁見の間には、チェザリーニとネロとセレス、そしてフードの男の姿があった。

「時がきた。そう思いませんか？」

「…………」

崩れた天井から陽光が降り注ぐ玉座を見ながら無言を貫くチェザリーニ。

「この機を逃せば、もう貴方《あなた》に好機は訪れないでしょう。防がれてしまいましたが、魔力竜巻によって結界が破壊され、宝物庫への鍵が開き、普段なら厳重に守られている教皇も今は離宮で兵の数も手薄。今動かないでいつ動くのです？　それとも、このままただの神官として現教皇がただの教皇として成長する姿を見て、老いて死ぬ道を選びますか？」

ウロボロスのペンダントを光らせながらフードの男が続ける。

「ああ……いや、これ以上は無粋ですね。貴方の想《おも》いは、私の想像を遥《はる》かに超えているようです。では、これにて失礼させていただきます」

一礼してフードの男は転移魔法を発動させ姿を消した。

場には、チェザリーニと、その腹心であるネロとセレスが残る。

ネロもセレスも元孤児であり、チェザリーニに拾われ育てられたため、チェザリーニを実の父のように思っていた。

「チェザリーニ様……っ、いえ、先生、もうやめましょう。あんな男に唆されてどうするのです？　先生もアリス様を実の子のように、孫のように愛しているではないですかっ」

「………………」

セレスの悲痛な言葉にもチェザリーニは応えない。

ネロはただ黙って控えている。

「どうしてアリス様に殉教をされるように仕向けられるのですっ⁉　殉教などせずとも、アリス様は素晴らしい教皇ではないですか‼」

「…………セレス」

チェザリーニが前を向いたまま口を開いた。

魔力竜巻によって吹き飛んだ天井からは光が差し、玉座を照らしていた。

「はいっ、先生っ」

考え直してくれたのか？　と、セレスが一縷《いちる》の望みをかけてチェザリーニを見る。

「アリスを殉教させたいと思うのは、私の信仰心と親心の合一です。アリスは容姿も心根も美しい。まさしく純白の女神の生き写しです。ですから、私はアリスを神にさせたい。神話にその名を刻ませたい。それが本心です――」

「………純白の女神は、黄金の従者と翡翠《ひすい》の親友と共に、幸福な生を送ったのですよ？」

「アリスは神となって、天の国で今よりもっと幸せになるのです」

チェザリーニは両手を組んで額に当て天を仰ぐ。

「私は、貴女《あなた》を、アリスを愛しています。ネロも、子らも皆。この言葉に嘘《うそ》はありません。覚えておいてください」

言いつつ、チェザリーニは自嘲する。

チェザリーニは愛を理解できていなかった。こうして言葉に出すことは多々あれど、自身は愛というものを芯に感じたことがなく、愛がどういうものなのか分かっていない。

愛を口にするたび、なんと中身の伴わない空虚な言葉なのだろうと思えて仕方なかった。

情はある。アリスや保護した孤児たち、ネロやセレスたちを想う心は確かにある。これを愛と呼べるのかもしれないと思えてはいるが、確信は得られなかった。

　これが愛なのか？　それとも情なのか？　そもそも違いはあるのか？　チェザリーニは終《つい》ぞその答えを見つけられないまま、きっとこれが、アリスへ向けるこの想いこそが愛なのだろう。と、決断していた。

「先生……？」

「ネロ」

「……はい」

「斬りなさい」

　答えるよりも早く、ネロは兄妹《きょうだい》同然に育ったセレスを斬っていた。

「くはっ?!　ネロッ……！」

　袈裟《けさ》斬りを受けたセレスがなんとか踏み止《とど》まる。

「………さらばだセレス。謝罪は、しない――」

「上善は……っ水の如《ごと》し……っ！」

　ベシャッ――！

　傷口から血を噴き出しながらも、セレスは咄嗟《とっさ》に魔法を発動させ、自らの体を液体に変えるとその場を離脱した。

「逃がしましたか……」

「……申し訳ありません」

「セレスは……アリスの下へ行くでしょう。もう、決行するしかありませんね」

ネロはなにも答えない。

「クラッスス」

「はっ！」

謁見の間の外で控えていたチェザリーニの孤児私兵団団長クラッススが姿を現す。

「予定通り、離宮へ私兵たちを送りなさい。アリスだけではなく、その場にいた者は皆天の国へ送らせるのです」

「はっ！」

クラッススは敬礼すると謁見の間を後にした。

「私は彼等《かれら》が失敗した場合に備え宝物庫へ行きます。ネロは私と共に」

「……チェザリーニ様、敵にはリンドウやディーという武勇に優れた者がいます。私も向こうへ行ったほうがいいのでは？」

「いくら武勇に秀《ひい》でようと、数の利を崩せはしません。行きますよ」

「はい――」

ネロは反論せず、チェザリーニと共にベルクラント宝物庫へ足を進めた。

離宮・教皇の間――

「アリス～。あんまり無茶しちゃダメだぞ～」

「む～～」

フラッドは聖務を終えたアリスのほっぺをむにむにしながら甘やかしていた。

エトナをずっとお姫様抱っこしていたときと同じく、アリスに対しても「教皇として立派」「だけど年相応の子供として幸せになってほしい」「甘やかすしかない」という複雑な心境だった。

「アリス様、クリームプリンですよ」

エトナがたっぷりと生クリームが乗せられたプリンの皿をアリスの前に置いた。

「おおっ！　じゅんぱくのめがみさまのだいこうぶつ！」

「はい、あーん」

「あーん……。おいしー！」

エトナに「あーん」され、アリスが満面の笑みを浮かべる。

「エトナ、俺の分は？」

「？　ありませんよ？」

「えっ……？」

絶望の表情を浮かべるフラッド。

「ふらっど、あーん」

「おおっ、アリスは優しいなっ……！　あーん！　うん！　甘くて美味《うま》い！」

「六歳児から施しを受けないでくださいよ……」

【みっともないぞ主《あるじ》……】

「はっはっはっ！　まこと、殿は面白いですな！」

一同が和んでいると、血相を変えたベルクラント衛兵が駆け込んできた。

「大変でございます‼　チェザリーニ大司教の私兵と思わしき一団が離宮を包囲‼　神官、大使、使用人、衛兵かかわらず目に見える者を攻撃しております‼」

「なんでっ⁈」

「じーじ……？」

その報告にフラッドが驚きの声を上げ、アリスがスプーンを落とした。

横で呆然《ぼうぜん》とするアリスを見て「ここは自分がしっかりしなければ！」と思ったフラッドは両頬を叩《たた》いた。

「こちらの指揮は誰が執っている⁉」

「衛兵長が陣頭指揮を執っています‼」

「ディー！　リンドウ！」

「はっ！」

【うむ】

「衛兵を援護しに行ってくれ！　敵兵を誰も離宮に入れるな！」

「かしこまった！」

【やるとするか――】

ディーとリンドウが衛兵と共に教皇の間を後にすると、教皇の間に水たまりができ、重傷を負った全裸のセレスが姿を現した。

「アリス様……フォーカス卿《きょう》……」

「セレス殿⁉」

「せれす！」

倒れる血塗《ちまみ》れのセレスをフラッドが抱き抱える。

「なにがあったんです⁈」

「先生が……チェザリーニ様が……動きました……」

「どういうことです……？」

「せれすっ……！」

「とにかく手当てをっ」

手当てを受けながらセレスが大司教の企《たくら》みを全て話した。

「つまり、大司教はアリスに殉教させるために、ここにいる全員を殺そうとしている……と？」

「はい……止めることは……できませんでした……」

「何故《なぜ》大司教は突然こんなことを……？」

力なく首を横に振るセレス。

「ちがうのです……。先生はアリス様が教皇となられたときから……アリス様を……神にさせようと思っていた……。魔力竜巻が失敗したことで……最終手段を……」

「……どういうことです？」

「ここでアリス様が討たれても殉教されても悲劇の教皇になる。人々の信仰が集まり先生が言う神に近づく……ごほっ」

「せれすっ……！」

目に涙を浮かべセレスの手をしっかり握るアリス。

「やはりあの魔力竜巻が分岐点だったのか……！」

呟《つぶや》くフラッド。

「先生は……アリス様のことを愛しています……。狂信しています……だから……」

「じーじは……どうすればとめられるの……？」

「……それは……難しいでしょう……でも……アリス様なら……先生の……魂を……救って……」

言いかけ、セレスは力尽きたように瞳を閉じた。

「せれす‼」

「大丈夫です。止血はできていますから、気を失っただけです」

冷静にセレスの脈を測りながらエトナが応える。

「だいじょうぶなの？」

「はい、安心してください」

「とりあえず、私兵をなんとかしなければ座して死を待つだけだな……。俺は行く。一人でも戦力が増えるに越したことはないだろう」

「フラッド様、ご武運を」

「ふらっど……」

不安そうなアリスの頭を撫《な》でるフラッド。

「安心しろ、俺は死なんさ」

そうしてリンドウやディーたちの下へ向かうフラッド。

離宮の城門では一進一退の激しい攻防が繰り広げられていた。

「天空ペガサス傭兵《ようへい》団団長テンペガ‼ 死にたい奴《やつ》からかかって来い‼」

「ドラクマ王国フラッド・ユーノ・フォーカス辺境伯が護衛‼ リンドウ・サオトメ‼

参る‼」

「ぐはぁっ‼」

テンペガはリンドウに斬られて死んでしまった。

【なんだ、私兵だけじゃないのか？】

「数が多過ぎるな、他の傭兵団も混じっているようだ」

「カッパドキア‼ 首都、きゅうり‼ キィエエエエエ‼‼」

【やかましい‼】

「ギャーッ⁈」

変なヤツはディーの爪で斬り裂かれてしまった。

「ディー！ リンドウ！ どうなっている⁈」

「殿！ 敵の数が多すぎますな！ このままではジリ貧でしょう！」

【リンドウの言うとおりだ！　私とリンドウで主やアリスたちを脱出させることはできそうだが、ここにいる全員を守るのは無理だ！】

ディーとリンドウは数えきれないほどの敵兵を屠《ほふ》っていたが、それでも敵の士気は高く、怯《ひる》まず、弓やクロスボウで援護されながら離宮への突入を狙っていた。

「くっ……！　アリスとエトナだけを脱出させるのは最終手段だ！　離宮の中には女子供もいる、見捨てることはできん！」

私兵たちは離宮を囲んで兵士・大使・神官・使用人・女子供関係なく目につく端から攻撃しているので、離宮が占拠されれば皆殺しにされるのは明白であった。

そもそもそのような状況でアリスが自分可愛《かわい》さに逃げるワケがない。皆と生死を共にするだろうことは想像に難《かた》くなかった。

「くっ……！　とにかく死守だ！　総員！　死力を尽くし応戦‼」

「「「おおおおおおおお‼‼」」」

フラッドの言葉にベルクラント衛兵たちが呼応する。

「ぐっ⁈」「がふっ‼」「ばっ⁉」

それでも敵の攻撃は苛烈で、徐々に減る衛兵、縮まる包囲の輪――

「ダメなのか……⁈」

フラッドが最終手段、エトナとアリスだけを離宮から脱出させる。を、命じようかと思った瞬間――

「全隊突撃ぃ――――‼　フラッド様をお助けせよ――――‼」

敵の包囲の外から、聞き馴染《なじ》んだ声が響き渡った。

「カイン⁉」

フラッドが目を向けると、離宮を包囲する敵の背後から、ドラクマ王国の鎧《よろい》をまとった兵士たちが現れ突撃を仕掛けていた。

「どうしてここにカインが……？」

二週間前・フォーカス領・領都アイオリス――

「これは……！　そういうことか……！　ゲラルト兵長！　できれば今日中に出発できるよう、すぐに領兵の最精鋭を集めてください！」

フラッドからの手紙を受け取ったカインは席を立ち声を上げた。

「急にどうした？　戦でも始まるのか？」

「これを見てください」

「ふむ……。復興支援部隊を送ってほしい。別に普通では？　そこまで慌て急ぐ必要はあるのか？」

カインから受け取った手紙を見て首を傾《かし》げるゲラルト。

「はい。一見普通の手紙にも思えますが、これには、フラッド様の隠された意図が示されています。おそらく敵に奪われた際の情報漏洩《ろうえい》を防ぐためでしょう」

「どのような意図だ？」

「大至急、拙速を尊ぶ、早ければ早いほどいい、優れていればいるほどいい。多々益々《ますます》弁ず。一秒でも早くカインに会いたい。ここまで直接的で仰々しい単語が使われているのは、尋常ではありません。つまり、これは大至急精鋭兵が必要となる事態が起きるかもしれない……。ということです」

もちろんフラッドにそんな意図はなかった。

「……流石《さすが》に深読みし過ぎではないか？」

「間違いなら間違いに越したことはありません。とにかくお願いします。隊はボクが率いるので、留守の間は兵長に全てお任せします」

「わ、分かった――」

ゲラルトはすぐに最精鋭の兵たちを集め復興支援部隊を組織し、それを率いるカインと兵たちは馬を何頭も乗り換え、休憩や補給も最小限の強行軍でベルクラントへ向かった。

ベルクラント国境――

カインたちが国境までたどり着くと、そこでは大司教の息のかかったベルクラント衛兵が国境を封鎖していた。

「どういうことです？　ボクたちは猊下《げいか》のご許可をいただいた、正式な復興支援部隊ですよ？」

「申し訳ありません。現在ベルクラントは混乱状態にありますので、どの方もお通しすることはできません」

「混乱状態？　どういうことですか？」

「それはご説明できません」

完全に拒絶されるため、これ以上食い下がることは逆効果だ。と、瞬時に判断したカインは一旦全隊をベルクラント国境から引かせた。

「やはりフラッド様の読みは正しかったようですね……」

「これからどうしますか？」

副官がカインを見る。

「ベルクラントで変事が起き、フラッド様が巻き込まれている可能性が高いです。なので、この部隊の中から、隠密《おんみつ》に秀《ひい》で死ぬ覚悟ができている者を選出してください。しかし、決して強制してはいけません」

「まさか……っ」

意図を察して複雑な表情を浮かべる副官にカインが頷《うなず》く。

「隊を分けます。アナタは隊を率いてアイオリスへ帰ってください。ボクは隠密部隊を率いて国境を避けつつ、ベルクラントへ侵入します」

「しっ、しかし、下手をすれば国際問題になります！　ドラクマが破門されるかもしれませんし、カイン様も責任を問われることになりましょう！」

「分かっています。ですが、今は緊急事態、一刻の猶予もありません。ボクの命程度ならいくらでも差し出しましょう――」

「カイン様――」

そうしてカイン率いるフォーカス軍は国境ではなく、ロデリクたちが根城にしていた山脈を踏破して、ベルクラントに入り、離宮に到達したのだった。

# 第十七話　「チェザリーニの真意」

「後ろからだ‼」「ごぼっ⁈」「ぐば‼」

カイン率いるフォーカス軍は厳しい訓練で鍛え上げられ実戦も経験した最精鋭たちであるため、大司教の私兵たちとは一線を画す強さと士気と規律を有していた。

「今だ‼　全員‼　反転攻勢‼」

「「「おおおおおおお‼‼」」」

フラッドの檄《げき》で離宮を守っていた衛兵が反撃に転じ、挟撃をかけられた大司教の私兵団が散り散りに崩れる。

「フラッド様！」

「よく来てくれたカイン！」

フラッドはカインを抱きしめ頰に口付けする。

「あっ、ありがとうございます！」

「カインはこのまま周囲を警戒していてくれ！　俺はアリス……教皇の下へ行く！」

「はっ！」

「フォーカス卿《きょう》！　貴殿は命の恩人だ！」「我が国を頼ることがあれば私にお話しください！　本国と繋《つな》ぐパイプとなりましょう！」「聖人とは貴方《あなた》のことだ！」

各国の大使たちから感謝されるフラッド。

「ありがとうございます大使の皆様。ですが、全ては神の御采配。感謝は私ではなく神や猊下にお捧《ささ》げください（自分の身を守っただけで、結果的に大使たちも守ることにはなったけど、ここまで感謝されるのはちょっと気が引ける……）」

「「「フォーカス卿……」」」

今ならいくらでも恩を売れるのに、そうしないフラッドの謙虚な態度に、大使たちは利害ではない恩義を感じ、今後、このことがフラッドを大きく助けることに繋がるのだった。

そうしてフラッドがアリスの下へ戻る。

「アリス安心しろ！　増援が来て敵は撃退したぞ！」

「ふらっど！　あっ――」

声を上げ、全身が魔力に包まれ発光するアリス。

「なんだっ？　どうしたっ？」

「落ち着いてくださいフラッド様、これは……おそらく、神託が降りたようです……」

「神託だと？」

エトナの言葉にフラッドがアリスに視線を戻す。

光が収まり、アリスはゆっくり目を開き、言葉を紡いだ。

「しんたくおりた！『ふらっど、えとな、ありす、きゅうでんへむかえ！』」

「なんだって……？」

「大司教がいるというアルビオン宮殿のことでしょうか？」

「なんで急にこんな神託が降りたんだ？　しかもご指名まで入ってるぞ……」

「どうします？」

「えっ、行きたくないけど？」

許されるのならすぐに皆を連れて逃げ出したいフラッド。

「かみのことば、ぜったい。ありすはひとりでもいく」

「アリス……」

「いく」

「でもな……」

「ふらっどはみんなとにげて」

「はぁ……っ！　仕方ないかっ！　元はと言えば神託のせいでここまで来たんだしな」

アリスの決意に折れるフラッド。

「どのみち、大司教を止めねばならないしな。行くか——」

「いいの？」

「もちろんだ。な、エトナ？」

「私はフラッド様が行くなら、どこであろうとお供します」

フラッドはアリスを連れてカインと合流し、アリスとリンドウの紹介をした後、神託が降りたことを告げた。

「なるほど……では部隊を二つに分けアルビオン宮殿を目指しましょう」

「二つに分ける？」

「はい。負傷者はこの離宮に残していかなければなりませんので、それを守る部隊と、宮殿へ向かう部隊です」

「……よしっ、それで行こう！」

「はいっ！」

カインが頷き、部下に通達する。

【大人気だな主《あるじ》、この短い期間で二度も神託で指名されるとは】

「流石は殿！　サク＝シャにすら一目置かれているとは、もはや人の物差しでは測りきれませぬな！」

「ホント、いつも変なことにばかり巻き込まれるんですから……」

「まったくだな！　決めた！　これが終わったらゆっくり休むぞ！　旅行をしよう！　温泉に入って美味《うま》いもんとか食べる‼」

「いいですね、私は露天風呂《ろてんぶろ》に入りたいです」

「流石エトナ分かってるな！」

【使い魔OKな宿を選んでくれよ？】

「当たり前だろディー！」

「このリンドウもお供しますぞ！」

「当然だ！　リンドウもカインもサラもゲラルトもみんなで行くぞ！」

「フラッド様と温泉⁉　とても楽しいでしょうね……！　母さんも喜びます！」

「いいなぁ、たのしそー……」

しょぼんとするアリスにフラッドが「なにを言っているんだ？」という表情を浮かべる。

「アリスもセレス殿も一緒に行くんだぞ？　リンドウ？」

「はっ！　セレス殿はあの傷と手当てなら大丈夫でしょう！」

「そういうことだアリス‼」

「……っ！　うん！」

アリスは泣きそうにも見える笑顔で応えた。

「ではフラッド様、お下知を」

「またか……」

しかし意外と慣れてきていたフラッドは、兵たちに向かって声を上げた。

「兵士諸君！　今より教皇猊下の弑逆《しいぎゃく》を画策した重罪人、チェザリーニを捕らえ罪を贖《あがな》わせる‼　フォーカス領の忠勇無双の兵たちよ！　教皇の盾であり剣であるベルクラント衛兵よ！　諸君らの勇気と力を猊下のために振るってくれ‼　永遠の相《そう》の下に‼」

「「「おおおおおおおおお‼‼」」」

「「「永遠の相の下に‼‼」」」

士気が最高潮に高まったフラッド率いる大司教討伐軍はアルビオン宮殿へと向かった。


少し前・アルビオン宮殿・封印殿――

宮殿の地下のさらに下には、第二十代教皇によって造られた封印殿と呼ばれる被造物【神の雫《しずく》】を封印・保管するための間があった。

本来なら強力な結界と封印から誰も入ることができないが、魔力竜巻によって結界が破壊された結果、入れるようになってしまっていた。

「…………」

チェザリーニとネロが足を踏み入れると、直径五メートルはある巨大な紫水晶のような球体が鎮座していた。

「これが……神の雫――」

この巨大な魔石の塊こそ【神の雫】と呼ばれるベルクラントの秘宝であり、人の身で使いこなせるものではないため、その危険性から今まで封印され続けていた。

「…………」

近づいてチェザリーニが神の雫に触れると、応えるように神の雫が発光する。

「がっ――?!」

感電したように体を震わせるチェザリーニをネロが支える。

「チェザリーニ様っ！」

「ああ……大丈夫です……。これは……すごい！　使い方は……確か、こうでしたね――」

チェザリーニがもう一度神の雫に手を当て、なにか呪《しゅ》を紡《つむ》ぐと、神の雫が大きく発光、鳴動する――

「ふふふっ、これはすごい――。この力があればアリスを――」

　アルビオン宮殿を目指すフラッドたち――

「いたぞ‼　教皇だ‼　行けえ‼」

「大司教のために‼」「先生のために‼」「テンペガ団長の仇《かたき》‼」

　宮殿を目指すフラッドたちへチェザリーニの私兵団が襲ってくる。

「残党が終結していたようですね！　応戦‼」

「「「はっ‼」」」

　カインの号令で討伐部隊が応戦を始める。

「フラッド様、ここはボクたちに任せて先へ行ってください‼」

「しかし……！」

【私が残ろう。魔獣王の力、見せつけてくれるわ】

「ディーが残ってくれるなら絶対に勝てます！　フラッド様は大司教を！　大司教を止めればこの騒動は全て終わります‼」

「……分かった、死ぬなよ！　カイン！　ディー‼」

干戈《かんか》が交わる金属音を背に、フラッド・エトナ・アリス・リンドウはアルビオン宮殿へ向かう。

「この四人か……。戦力になるのはリンドウしかいない……。大司教の本陣が手薄だとありがたいが……」

「せれすはじーじとねろしかいないっていってたけど……」

「二人？　たった二人ですか？　それはそれでなにか嫌な感じがしますね」

「大司教の思惑は分かりませぬが、ネロ殿一人いれば百人の雑兵《ぞうひょう》に勝りますからな」

リンドウは私兵百人よりもネロ一人の方が危険だと理解していた。

「大司教は魔法使えないって話してたけどホントかな？　ブラフだったり？」

フラッドの疑問にアリスが首を横に振る。

「ううん。じーじはほんとにまほーつかえないよ」

「じゃあ、ネロをどうにかすれば……なんとかなる……のか？」

そう話している内に、誰にも妨害されることなくアルビオン宮殿へとたどり着く。

「……やはりそうきたか――」

リンドウが呟《つぶや》き、正門の門柱を背にしているネロの前へ進み出る。

「ネロ殿、用があるのは私か？　全員か？」

「リンドウ殿だけだ」

簡潔にネロが答える。

「なるほど……。殿！　この者はリンドウが引き受けます。殿たちは大司教を！」

「ああ、分かった。エトナ、アリス、行くぞ」

「はい」

「うんっ」

「チェザリーニ様は、謁見の間でアナタたちを待っている」

フラッドたちは一応警戒しながらネロの横を通り抜け、フラッドはピタリと足を止めると振り返ってリンドウを見た。

「リンドウ！　黄金の従者を気取るのなら、なにがあっても絶対に死ぬんじゃないぞ！」

審判の時、黄金の従者は純白の女神を庇《かば》って重傷を負い瀕死《ひんし》となるも、復活し、女神たちの楽園を築き上げた。

「承知仕《つかまつ》った！　殿もご武運を！」

「おう！」

フラッドたちはアルビオン宮殿へ入り、謁見の間を目指した。

残ったリンドウはネロに向かって敵意のない、友人に向けるような視線を送る。

「昨日の敵は今日の友というが、その逆もまた然《しか》りか……。因果なものだな」

「…………」

ネロはなにも答えない。

「ネロ殿とは手合わせしたいと思っていたが、まさかこのような形になるとは思わなんだ」

「すまないな。俺はお前を斬らねばならない」

「なにを謝ることがある？　私はネロ殿に感服している。滅私奉公、言うは易《やす》く行うは難《かた》し。古今稀《まれ》に見る忠義者な貴殿に」

ネロの表情が歪《ゆが》む。

「やめろ、俺は……そんな立派な人間じゃない」

「誰が否定しても、ネロ殿が自身を否定しても、このリンドウだけはネロ殿を肯定する」

「……俺はお前がよく分からない。戦闘狂ということは分かるが、肝心な部分はモヤがかかっているようだ」

「はは、耳が痛いな」

リンドウが頭をかく。

「しかし……戦闘狂な本性は隠して淑《しと》やかに振舞っていたはずなのだが……。ネロ殿の洞察力には恐れ入る」

「……本気で言っているのか？」

「なにをだ？」

ネロはキョトンとするリンドウに「ふっ」と笑みをこぼす。

「隠せていないぞ？」

「まことか……？」

心底驚いているリンドウにさらに可笑《おか》しくなるネロ。

「ははっ……！　まったく、本当にリンドウ殿と話していると調子が狂うな……！」

ネロは額に手を当てると、ゆっくり息を吸い、能面のような表情でリンドウを見た。

「ふー……軽口はここまでだ。では、始めようか。恨みはないが、これも運命というものだろう――」

「こちらも恨みはない。ならば、互いの運命に則《のっと》って、いざ尋常に立ち合おうではないか。斬るも因果、斬られるも因果だ――」

太刀の鞘口《さやぐち》に左手をかけるリンドウ。

「そこまで割り切れるのは羨ましい限りだ」

ネロが剣を抜く。

「ネロ殿、立ち合いとは生きるか死ぬか。悩みだの問題だのは、それが終わってから考えればいい。立ち会う相手への最大の敬意とは、どうやって相手に勝つか？　そのことだけに注力することだ」

「なるほど……。なら、俺はお前を殺す。容赦も、加減もなく、全力で、苦しませずに──」

「うむ。リンドウも、全力でお相手仕る──」

リンドウは鞘口に左手を当てたまま構えもせず、ネロは抜剣した両手剣を持ち正眼《せいがん》に構えた。

アルビオン宮殿・謁見の間──

「……やはり来ましたか──」

フラッドたちが謁見の間に入ると、中には、玉座に座ったチェザリーニがいるのみであった。

護衛や私兵の姿もなく、完全な一人。

ただ異質なのは、本来ならあるはずのない巨大な紫水晶のような球体が玉座の後ろに鎮座していることであった。

「追い詰めたぞチェザリーニ！　お前の野望もここで終わりだ！　おとなしく投降しろ！」

剣を抜き、玉座のチェザリーニへ刃先を向けるフラッド。

「じーじ……どうして……？」

アリスの言葉にチェザリーニが反応する。

「アリス……。勘違いしないでください。私は今でも貴女《あなた》を愛しています。実の子、孫のように。愛《いと》しく可愛《かわい》らしいアリス。貴女は私の宝物です」

その言葉に空虚さはあれど、一片の嘘《うそ》も裏もない。

「なら……なんで？　なんでこんなことしたの……？」

「だからですよ。貴女を教皇から神にするために」

「ずっと引っかかっていた。アリスが殉教することと神になることはどんな関係があるんだ？」

「貴方《あなた》は純白記や薄幸記を読んだことはありますか？」

純白の女神のことが記されている聖典である。

「ないが……？」

「元々純白の女神は人であり、天に召された後、唯一女神となった。そういう説もあるのです。つまり、サク＝シャがお認めになれば、人も神になれるのです」

「アリスも女神になる可能性がある。と、そう言いたいのか？」

フラッドの言葉にチェザリーニが微笑《ほほえ》む。

「可能性があるのではありません。絶対になれるのです」

「どうして断言できる……？」

「アリスだからですよ。黄金の従者と出会う前の純白の女神のような、酷《ひど》い境遇を経験していながら、折れず、腐らず、その見た目と同じく美しい純白の心根を持っている。無垢《むく》で健気《けなげ》で賢く愛らしく、本当に純白の女神の生き写しのように……」

「その意見には同意するが、サク＝シャまで同じだとは言えないだろう？　人の身でサク＝シャの思いが量れるとでも言うつもりか？」

「それはできません。ですが、祈ることはできます。アリスが殉教しても神になれなかったのなら、神になれるまで祈り続けましょう。新たな教皇にも、全枢機卿《すうききょう》にも、全サク＝シャ教徒にも祈らせ続けさせましょう。神がアリスを認めるまで、永遠、永劫《えいごう》に――」

フラッドもエトナもアリスも、チェザリーニが持つ、秘めていた狂気を目《ま》の当たりにし言葉を失う。

「なんで、そこまでアリスに執着する？」

「……正直、私は信仰心というものを表面上しか持っていませんでした。神が万能なら、どうして世界はこんなに苦しく人は醜く愚かなのか？　祈りでは何も解決しないのか？　どうして私は両親から捨てられねばならなかったのか？　泥水を啜《すす》ってネズミを食べて飢えをしのぎ、挙句拾われた先は、私にこんな運命を科した神を崇《あが》める組織だった。分かりますか？　この想《おも》いが？」

「……それでも辞めなかったのなら、お前にも少しは内なる信仰心はあったんじゃないか？」

「どうでしょうね、自分では分かりません。どの聖典を読んでも、教皇やどれほど徳が高いと言われる人物に会っても、私は心が動かされることはありませんでした。そう、アリスに会うまでは！」

チェザリーニの拳が握りしめられる。

「思いました。ああ……神よ、生まれて始めて貴方に感謝します。私は私の使命を理解しました。と――」

美しく可愛らしく神々《こうごう》しく愛らしく素晴らしい。アリスは完璧で完全な存在。幼さ故の未熟さも不完全さもアリスという完璧な総体の一部として輝いている。故にチェザリーニは絶対の信仰をアリスに捧《ささ》げ、そのために己が命すら投げ出す。

己の信仰に疑いも迷いもない。自分はただ果たすべき使命を果たし、神となったアリスに傅《かしず》く。それが存在意義であり、長い生の中で初めて得られた信仰と自らの存在意義。どのような苦難があろうと関係ない。必要ならばいくらでも悪行の限りを尽くそう。それがチェザリーニの願いと覚悟であった。

言葉を失うアリスを守るようにエトナがその前に、フラッドが二人を庇うように一歩前に出る。

「それでこの反乱を起こしたと？　無理やりアリスに殉教させるために？」

「無理やりではありません。殉教するかしないかはアリスの意思なのですから」

ですが……。とチェザリーニは言葉を続ける。

「魔力竜巻は失敗してしまいました……。ロデリクを使い、時間をかけ綿密に練った計画も全て水泡《すいほう》に帰《き》しました。私は老いている。先も見えません。次にアリスを神にするための方法と機会を得る前に死んでしまうかもしれない。それはいけません。このままでは死ねません――」

果たすべき使命を果たせず死ぬワケにはいかない。それだけは絶対に受け入れられない。

「私は死ねない。アリスを神にするまで、神になったアリスを見届けるまで、私は死ぬわけにはいかないのです！　アリスは神になるために生まれてきたのです！　ならば神になるためのお手伝いをさせていただくことが私の使命‼　私が巨悪となればアリスの殉教はより正義となり人の心を打つ‼　それはサク＝シャにすら届く‼」

「今の自分が正常だと、本気で思っているか？」

間髪容《い》れず頷《うなず》くチェザリーニ。

「無論です。自分は自分に誠実であればいい。他人の目を気にして己を曲げることこそ神から授かったこの肉体と魂を穢《けが》す悪行！　だから私は私のやりたいようにする！　そうすればサク＝シャも喜んでアリスを神に昇するでしょう‼」

「お前のいかれた思想のために失われた命をどう思っているんだ⁉」

「仕方ありませんね。尊い犠牲になった方々には、その魂が安らかなることを祈りましょう。ですが、自分の死がアリスという、新たな女神の誕生に寄与したと知れば、涙を浮かべて私に感謝するでしょう。だから私はこう答えるのです。気にしないでください。全ては御心《みこころ》のままに。と――」

自分を信じて疑わない、むしろ自分は正しく善なる存在だと本気で思っているチェザリーニの異常さに言葉を失うフラッドたち。

特にアリスは、もうチェザリーニは説得することができない。そう思えてしまい涙がこぼれていた。

「とにかく、抵抗するな。俺も乱暴はしたくない。おとなしく縛につけ」

「それは……お断りさせていただきましょうか」

剣を構えてチェザリーニに近づくフラッドに、チェザリーニが小さく片腕を上げた瞬間、魔力の塊のような黒い触手が現れ、鞭《むち》のようにしなり、フラッドの体を打った——

「⁈」

直撃を受けたフラッドは大きく吹き飛ばされ、壁に激突して崩れ落ちる。

「フラッド様！」

「ふらっど！」

二人の悲鳴が響く。

「なんですかあの攻撃はっ。大司教は魔法が使えないんじゃ……？」

エトナの呟《つぶや》きにチェザリーニが後ろにある神の雫《しずく》に手を当てつつ応える。

「あの魔力竜巻を発生させた魔道具、それには、この神の雫の破片が用いられていました。小さな破片であの威力です」

チェザリーニが神の雫を撫《な》でながら続ける。

「人の手には余ると封印されていた禁忌の被造物。世界そのものを破壊するほどの強大な魔力を使用者に与え、魔法を扱えぬ者も魔法を行使できるようになる。それがこの神の雫なのです」

魔力がチェザリーニの頭上で収斂《しゅうれん》される。

「それが今では私のもの……。つまり、こういうことです。神の力の一端を手に入れた私が、アリスを人から神に昇させることは当然の帰結。ということなのです」

手をかざすチェザリーニ、反射的にアリスを背にして自身が身代わりになろうとするエトナ。

「美しい自己犠牲精神です……。貴女もきっと天の国へ召されるでしょう――」

チェザリーニが腕を振り下ろすと、漆黒の魔力がエトナへと照射され――

バシュ――ッ‼

「――――」

《生存本能》が発動したフラッドがエトナの前に立ち、魔法障壁を展開させた右手を突き出してチェザリーニの一撃を完全に防いだ。

「……フラッド様……どうして……？　《生存本能》は自分を守るためだけの能力のはず……。どうして私を守ってくれたのです……？」

疑問を浮かべるエトナの前にフラッドが背を向けて立つ。

「――――」

フラッドは答えない。

だが、これは、フラッドにとって、エトナは自分の命と同等、それ以上に大切な存在であるという想いが、神の力《魔法》によって証明されたことに他ならない。

エトナは知らずして、フラッドの本心の愛を目の当たりにしていたのだ。

「なるほど、そのあふれ出る魔力……サク＝シャもこの戦いを楽しんでいるようです。これで分かりました。やはり貴方も私と同じく大役に選ばれた存在だ！　新女神誕生の礎《いしずえ》になるという大役を‼」

# 第十八話　「それぞれの決戦」

ベルクラント郊外――

そこにはウロボロスのペンダントを光らせるフードの男と、それに続く同じローブとペンダントをつけた五十人ほどの集団がいた。

「さて……ベルクラントを終わらせましょうか……」

フードの男の言葉に応えたのは、誰もが予想だにしない人物だった。

「うむ、来たな。フォーカスの読みは当たったか……。さすがだな――」

ローブの集団の前に姿を現したのは、魔獣クロヒョウを従えた美女。

燃えるような赤髪に桜色の瞳を持つ美しきビザンツの才媛。

皇女でありながら、幼い頃からドレスではなく軍服を身にまとい、数多《あまた》の戦に従事し幾多もの功績をあげる不世出の女傑。

固有魔法《業火《ごうか》》は万の軍隊にも匹敵する威力を有し、二十歳という若さでありながら、敵味方共に恐れられる【業火の魔女】。

それがカリギュラ・マルハレータ・ビザンツであった。

「アナタは……」

「ようやく姿を現したな下郎。傍観者気取りもここまでだ」

「そうですか」

フードの男は驚くこともなく淡々と続ける。

「申し訳ないが、アナタ如《ごと》きにかかずらうほど暇ではないのですよ。使命がありますので」

「お前たちの狙いは分かる。ベルクラントそのものを潰したいのだろう？　だが、そんなことはどうでもいい。愚弟を、ビザンツを利用した代償を払ってもらうぞ」

「ふっ、ヴォルマルクのことですか？　あのような愚物が取り除けたのは、帝国にとってプラスなのでは？　感謝されることはあれ、恨まれる筋合いはありませんよ？」

嘲笑するフードの男にカリギュラが微笑を返す。

「うむ。そのとおりだな。が、それは結果にすぎない。どれほど愚かであれビザンツを利用することは許されないのだ」

「意気込みはご立派ですが、近衛《このえ》も連れず、アナタとその使い魔だけでなにがしたいのです？　我々に敵《かな》うとでも思っているのですか？」

「ああ。お前程度の雑魚《ざこ》が何十何百いようとモノの数ではないからな」

「はぁ……。勘違いもここまでくると痛々しいものですね、同情もできませんよ」

「ははっ。ならば私は一応慈悲を見せてやるとしよう。おい下郎共、私の狙いはそこの下郎だけだ。今逃げるなら見逃してやろう」

カリギュラの提案に頷く者はいなかった。

「……もう結構。時間の無駄です。やりなさい――」

フードの男の合図に、ローブの集団がカリギュラの前に立ち、各々《おのおの》が魔法の詠唱を始める。

「我々は大義で動いている。アナタのような俗物とは違うのですよ」

「愚かしい……。業火の魔女を前にして、薪をくべるというのか……。下がっていろ、ロデム――」

ロデムが下がる。

「ああ……熱いな――」

カリギュラが胸のボタンを外し、片手で髪をかき上げる。それがカリギュラが魔法を発動させるときの癖であった――

カイン・ディーたち――

「くっ！　思ったより敵が多いですね‼」

【しかもオリハルコン持ちが多い！　対策されているな‼】

ディーの体毛や肌は鋼鉄の武器では傷つけることはできないが、鋼鉄を超える鉱物である、オリハルコンやヒヒイロカネは防げないため思うように実力を発揮できていなかった。

「総員気圧《けお》されるな！　数が全てではありません‼」

だが徐々にフォーカス軍が押されていく。

「くっ……！　せめてボクに魔法が使えたら……！」

そうカインが口にした時――

【コーン‼】

甲高い鳴き声と共に、ベルクラントの魔獣王であるクゥ率いる側近の魔獣虎をはじめとした大型肉食魔獣の群が現れ、チェザリーニの私兵部隊に突っ込んだ。

「ぎゃあ‼」「なんだこいつらっ⁈」「わあああ⁈」

【おおっ！　来てくれたのかベルクラントの！】

【ギャンギャン！】

ディーの言葉にクゥが応える。

フラッドほどの男を失うのは惜しい。それに、我等は盟友だろう。と。

「ありがたい！　魔獣たちと連携して敵を迎撃！」

リンドウとネロ——

「…………」

「…………」

リンドウは左手を鞘《さや》に添えたまま動かない。

対するネロも剣を構えたまま動かない。

（刹那抜き……。前に見たが、抜く瞬間は見えなかった。だが、いくら神速の抜刀でも右手の動きさえ注意していれば——）

ネロはどのような居合が来ても対応できるように思考を巡らせ、同時に剣を抜いている自分と鞘に納めているリンドウ、絶対的有利は自分にある。と、冷静に理解しつつ先《せん》の先《せん》を取るか後《ご》の先《せん》を取るか悩んでいた。

「参る——」

リンドウは間合いすら無視した隙だらけのまま、ずかずかとネロに足を進め——

「⁉」

一瞬虚を突かれたネロ――

ガギィ――ッ‼

その隙を見逃さず左手で逆手抜刀したリンドウの太刀をネロは奇跡的に受け止めていた。

「お見事‼　これを破るとは――っ‼」

「運がよかっただけだ――っ！」

実際リンドウの右手を注視していたら間違いなく斬られていた。

反応できたのは、動揺で一瞬リンドウの右手から視線が逸《そ》れ、今まさに太刀を抜こうとしていた左手が視界に入ったからという偶然に他ならなかった。

「刹那抜きではないな……！」

「うむ！　早乙女《さおとめ》流、秘剣・椿《つばき》抜《い》き！」

足の引き、腰の捻《ひね》りを最大限活かして、【太刀の左手逆手抜刀】という離れ業をやってのけ、さらには抜刀と同時に太刀の峰に右手を添えることで、当たれば致死となる威力を持つ、奇襲と疾《はや》さと威力を併せ持った必殺の一撃、それが秘剣・椿抜きであった。

あと一瞬、コンマ一秒自分の反応が遅れていたら終わっていた。それを理解し一筋の汗が伝うネロ。

「実戦で椿抜きを防がれたのは初めてだ！」

「それは光栄だ……っ！」

鍔迫《つばぜ》り合いからネロの力を利用して弾《はじ》かれるように距離を取ったリンドウが、流れるような太刀の斬撃をネロへ繰り出す。

「はぁ――ッ！」

「フン――ッ！」

受け、流し、躱《かわ》し、反撃の一撃を、受けられ、流され、躱される。

「なんという技量か！　ここまで早乙女流に伍《ご》する我流があるとは‼」

「話せている内はまだ余裕があるということだな‼」

ギギギィ――ッ‼

ネロの両手剣とリンドウの太刀が火花を散らす。

「ハァッ‼」

「‼」

ネロ渾身《こんしん》の一撃をリンドウは自身の左足を後ろに伸ばし、その膝と上半身が地面に触れるほど身を低く躱し――

「⁉」

「はぁッ！」

超低姿勢から、体のバネを活かして跳ぶように起き上がりながらの斬り上げを放った。

「ぐくっ⁉」

ネロは咄嗟《とっさ》に下がり致命傷は免《まぬが》れるも腹から胸にかけて深手を負う。

「くっ……！」

小さなうめき声と共によろよろとネロは剣を構えつつ後ずさる。

「まったく……厄介だな……っ。それも、技なのか？」

互いに距離を取り構えなおす。

「うむ。早乙女流太刀術・蛙《かわず》斬りだ」

「なるほど……」

ボタボタと胸から血を流すネロ。

「浅くはない、か……。魔法を温存している場合ではないな……」

「是非も無し。参られよ――」

ネロはリンドウから視線を外さず、剣を胸に当て詠唱を始める。

「誰にも見られたくない、触られたくない、ただそれだけ、それだけでよかった。俺を観《み》るのはただ一つ、永遠の相《そう》だけでいい――」

ネロの体が魔力に覆われる。

「《透明化《インビジブル》》――」

瞬間、ネロが消えた。

「それがネロ殿の魔法か……楽しみだ！」

太刀を担《かつ》ぐリンドウ。

リンドウが最も好む構えであり、全てにおいて反撃が遅れる術利の薄い構えではあるが、体力の消耗を防げるという利点があった。

ヒュンッ――！

「！」

ネロの不可視の一撃を躱すリンドウ。

頸動脈《けいどうみゃく》までは至らなかったが、剣先が掠《かす》めた首筋から血が流れる。

「ほう……流石《さすが》は魔法か――！」

喜びのような声をあげたリンドウは対策として極限まで五感を研ぎ澄ます。

「‼　はっ‼　ぬっ⁈」

リンドウは第六感ともいえる直感でネロの不可視の斬撃を、致命傷にならないギリギリで躱し続ける。

「なるほど……。姿が見えないだけではない。音も、気配も、匂いも、流れ落ちているはずの血すら見えなくなるというのか……。鍛え上げられた体、練り上げられた武技、そして不可視の魔法──」

リンドウは体中に刀傷を作りながらも、目を輝かせる。

「血が滾《たぎ》るわ……！　この大陸へ来てよかった──‼」


謁見の間──

「──」

《生存本能》を発動させたフラッドが、剣に魔力を込めながらチェザリーニに斬撃を打ち込む。

が──

ガギィ──‼

「無駄ですよ。いくら強力な魔法を持とうと、人の身で神の雫《しずく》を持つ私を傷つけることはできません」

教皇が展開したバリアによって全て防がれる。

それでもフラッドは手を緩めず、バリアへ無数の斬撃を打ち込み続け、金属同士がぶつかりあうような甲高い音が響き渡る。

「その程度ですか？　貴方《あなた》は神託の救世主なのですよ？　アリスと共に天へ昇る存在ならもっと奮いなさい！」

ドゴッ――‼

黒い触手のような魔力の塊がフラッドの横腹に打ち込まれ、躱せず吹き飛び、壁に叩《たた》きつけられる。

「フラッド様！」

「ふらっど！」

それでもフラッドは立ち上がり、即座に反撃する。

自分を襲う無数の触手を躱し、斬り捨て、殴り飛ばす。

「それをいくら斬ったところで無駄ですよ？」

チェザリーニが手をかざすと、轟音《ごうおん》と共に魔力の雷撃が周囲に迸《ほとばし》る。

「――――」

「バカの一つ覚えは結構です」

バリバリという音と共に体から煙を噴くフラッドの腹に触手の一撃が叩き込まれ、エトナとアリスの前に吹き飛ぶ。

「フラッド様……っ！」

「ふらっど！」

　今にも泣きそうな悲痛な表情でフラッドに手を当てるエトナとアリス。

「情けない。それが神託の救世主の姿ですか？　貴方の役どころはさしずめ黄金の従者。ならばもっと盛り上げてくれねば、アリスの昇神にケチがついてしまうではないですか」

「じーじ……もうやめて……」

「アリス……。全て貴女《あなた》のためです。ですから、貴女は貴女の為《な》すべきことをしてください。私を止める唯一の、貴女にだけしかできない方法があるでしょう？」

「いけませんっ」

　エトナがアリスを抱きしめて殉教させまいとする。

　アリスは殉教することへの恐怖もあるが、同時に、自分の家族、祖父のような存在であるチェザリーニを自分の願いで害してしまうことを最も怖《おそ》れていた。

「アリス……なら……仕方ありませんね……」

　教皇の頭上に空間を歪《ゆが》ませるほどの魔力が収斂《しゅうれん》していく。

「……………殉教しなくてもアリスは神になれる存在です。さようならフォーカス卿《きょう》。エトナ殿。次は天の国で会いましょう。アリス、女神となった貴女に、一番最初に平伏するのは私ですよ」

その言葉と共に、収斂された魔力がアリスたちに向かって照射され――

（この力……。やはり予知夢でアイオリスの城壁を破壊した魔法を放ったのは、神の雫を手にした大司教だったのですね……）

もうダメか……。と、エトナとアリスが諦めかけたとき。

「――――」

立ち上がったフラッドが二人を庇《かば》って照射を一身に受け止める――

「フラッド様！」

ガガガガガガガ――ッ‼

フラッドの挺身《ていしん》にチェザリーニが狂喜する。

「そう！　それでいいのです‼　神託の救世主よ‼　運命に従いなさい‼　必死に抗《あらが》って命を散らし、神となるアリスを彩《いろど》るのです‼」

「フラッド様……無理です……もう……！」

エトナは自身とアリスのために傷つくフラッドを見ていられなかった。

「もう……っ」

エトナは堪《こら》えきれず涙をこぼした。

そんなエトナを、アリスが優しく抱きしめた。

「え……？」

「えとな、いままでありがと。ふらっども。ありがと」

脅《おび》えるでもない、諦めたようでもない、柔和《にゅうわ》な笑顔でそう口にするアリスにエトナは戸惑いを浮かべる。

「あ、アリス様……？」

「ふたりとも、まもる――」

アリスが両手を組んで額に当て、天を仰ぐ。

「このみを、たましいを、いまおんためにささげます――」


カイン・ディーたち――

「チェザリーニ様……申し訳ありません……」

「互いに譲れぬモノがあるとはいえ、貴方は強かった。実力も想《おも》いも、敬意を表します――」

「こちらもだ……敵将殿。どうか、どうか……温情を賜りたい……っ。投降した者は……

助けて欲しい……」

「確約はできません。ですが、できる限りは尽くします」

「お頼み……します……っ」

私兵団の指揮官であるクラッススがカインに討ち取られ、今度こそ完全に瓦解《がかい》する私兵団。

【しまいだな】

【コーン！】

「「「うおおおおおお!!!!」」」

兵たちが勝利の歓声を上げる。

「全隊その士気を維持したままアルビオン宮殿に向かいます！」

「「「はっ!!」」」

「ベルクラントの魔獣王殿、魔獣殿たち、助かりました。本当にありがとうございます！」

【コン！】

【ここまで来たなら最後までついていくと言っている】

「分かりました、では行きましょう！」

ベルクラント郊外――

「ふん、こんなものか。口ほどにもなかったな」

フードの男の部下たちはカリギュラに傷一つつけることなく、消し炭となって死体も残さず全滅していた。

「ばっ、バカなっ……!?」

想定外の事態に愕然《がくぜん》とするフードの男。

「雑魚《ざこ》はもういないのか？　では、お前の番だ」

「ふっ……甘く見ないでいただきたい……！　私はこの世界の在りようを変える選ばれし存在なのだ‼」

フードの男が魔道具のようなものを片手に、秘めていた魔力を解放する。

「ほう？　先の雑魚よりはできるようだな。が、雑魚は雑魚でしかない――」

カリギュラも雑兵《ぞうひょう》には見せなかった実力の一部を解放するのだった――

アルビオン宮殿正門――

「見事だ、ネロ殿――」

リンドウは血塗《ちまみ》れになりながらもネロの攻撃をギリギリで躱《かわ》し続けていた。

「もう諦めろ、楽にしてやる」

ネロが一時的に魔法を解除し姿を現す。

「ふふっ。お情け感謝する。だが、私もまだ負けたワケではない」

「どういうことだ？」

「よく分かり申した。その魔法、人の身で勝つこと能《あた》わぬ。と。どれだけ五感を研ぎ澄まそうと躱すだけで精一杯。時間が経《た》てば経つほど不利。まこと、非の打ち所のない魔法、感服いたす」

「一撃躱すだけでも驚嘆に値するのだがな……」

思わずネロが呟《つぶや》く。

「だったら、どうする？」

「私の本気をお見せし申す」

リンドウが太刀を鞘《さや》に納め、居合の構えを取る。

「なるほど、魔法か」

「然《しか》り。我が魔剣、受け取られよ――」

「いいだろう――」

ネロの姿が消える。

「斬り結ぶ、太刀の下こそ地獄なれ。魔剣・合撃《がっし》――」

リンドウの体と太刀へ魔力が流れ込む。

（リンドウ殿の魔法、どのようなものだ……？）

目の前の武人に油断も隙も無い。絶対に甘く見てはならない。ネロは自分に言い聞かせる。

（何故《なぜ》納刀した？　神速で抜刀する魔法？　それとも刀は関係ないのか？）

どれだけ考えてもリンドウがどのような魔法を扱うか分からない。

（強化系？　だが身体能力や五感が強化されても俺の魔法は破れない。危険だが……試すか？）

リンドウの間合いから離れ、先ほど地面から拾っていた小石をリンドウに投擲《とうてき》する。

「………」

リンドウは躱すこともせず、小石が大袖に当たって落ちる。

（動かん……か。動けないのか……）

このまま待っていても埒《らち》が明かない。

（しかし……俺も、待っていられる状況ではない……）

待てばリンドウに斬られた傷からは未《いま》だ血が流れ続けており、ネロの体力を奪っていた。

リンドウの魔力が尽きるか、自身の命が尽きるかの勝負となってしまう。

（このままだと、俺が先に倒れるな……）

冷静に判断したネロは、危険をおかしてでも勝負を決めると判断を下す。

（どのような魔法を持とうが、避けられない一撃を見舞えばいい）

ネロはリンドウの背後に移動し、剣を両手に握って大上段に構えた。

（終わりだ――‼）

どのような強化系の能力であっても回避できない、ネロの必中致命の一撃がリンドウの首に打ち込まれ――

ザン――ッ‼

「…………なっ⁈」

その剣がリンドウに当たるよりも先に、その一撃を上回る速度で、振り向きながら抜刀した袈裟《けさ》斬りがネロに打ち込まれていた――

「がはっ……！　なにが……⁈　なんだ……その……動きは……っ⁈」

噴き出す血と共にネロが剣を落とす。

ありえない。物理法則を無視したような速さと挙動だった。それになぜ自分が背後にいると気付いたんだ？

「なるほど……だから魔法か……」

肺や心臓に達する致命傷を受け血を流しながら、ネロは倒れそうになる自分を踏みとどまらせリンドウを見る。

「うむ。間合い内で受けた攻撃に対する、物理法則すら無視した完全反撃。それが私の魔法だ」

「完璧なカウンター……なるほど……。逆を言えば、間合いの中で攻撃されなければ発動しないわけか……」

「いかにも」

「納刀し居合の型を取ったのも、こちらの攻撃を誘うためか……。まんまと引っかかってしまったな……」

「小石を投げられた時は見切られた。と、内心焦《あせ》ったぞ」

リンドウの正直な言葉にネロは笑った。

「はっ、ははっ……お見事……だ――」

仰向けに倒れるネロ。

「お前が……相手でよかった……」

「光栄だ。ネロ殿。言い残すことはあるか？」

「セレスに……すまなかったと……伝えてくれ……」

「承った」

セレスが助かっていると確信している。ということは、やはり加減して斬った。ワザと逃したのだろうとリンドウは理解する。

「…………」

ネロが薄れ行く意識の中で思うのは、チェザリーニのことだった。

確かにチェザリーニは狂ってしまった。けれど、自分やセレスに向けられた愛情は本物だったと思う。アリスへの、私兵たちへの、孤児たちへの先生の愛に偽りはなかったと。

「先生……先に逝《い》きます……。サク＝シャよ……どうか……先生を……お赦《ゆる》し……ください――」

それがネロの最後の言葉だった。

息を引き取ったネロへ片合掌するリンドウ。

「ネロ殿、貴公はまことに強者であった。その魂が救われることを願わん。永遠の相《そう》の下に――」

# 第十九話「女神の相」

アリスがなにを行おうとしているか理解したチェザリーニが歓喜の笑みを浮かべる。

「おお……とうとう‼」

「どうか、わたしのあいするひとびとをおすくいください――」

体が発光するアリス。

「そうですアリス‼　それが唯一全てを救う方法です‼」

「これが、殉教……？」

絶句するエトナ。

「わたしのあいするひとびとを、おびやかすものたちのたましいを、おすくいください。

えいえんのそうの――」

「‼　いけません‼」

結句を終える前に、エトナがアリスの両肩を摑《つか》んで無理やり自分へ向かせ叫んだ。

「やめてください‼」

アリスが自分を犠牲にすれば、自分やフラッドは助かるかもしれない。だが、それがなんだ？　という、どうしようもない怒りがあふれるエトナ。

「自分を犠牲にしてフラッド様と私を助けようとしましたね⁈」

「えっ、えとな……？」

無理やり殉教を中断させられたアリスは、初めて見るエトナの怒りに動揺する。

「しましたね⁉」

「で……でも、そうしないと……っ」

「見くびらないでください！　アナタみたいな子供を犠牲にして得られる命も力もいりません！　私も！　フラッド様も‼」

「で、でも……わたし……ふたりに、しっ、しんでほしくない……からっ」

涙ぐむアリスを強く抱きしめるエトナ。

「その気持ちだけで十分です‼　私は神なんて信じていませんが、フラッド様は信じています‼　フラッド様はバカでアホで間抜けで小心者でお調子者で反省しませんけど、やり直した今は最強で無敵なんです‼　あんな小物に負けることなんてありません‼」

「えっ、えとな……っ」

「強がるのはやめてください っ！　アリス様は年相応の子供なんです……！　わがまま言

ってやりたいようにすればいいんです！　なにが殉教ですかっ！」

「ごっ、ごめんなさい……っ。あああ、うわぁ――」

エトナの胸の中で涙を流すアリス。いくら覚悟を決めていても、本当は殉教したくなかった。自分の意思でチェザリーニを傷つけたくなかった。けど大切な人が死んでしまうのはもっと嫌だ。様々な感情があふれてぐちゃぐちゃになる。

「なんと愚かな娘なのか⁈　アリスの殉教が成されれば全てが救われたというのに‼　一時の感情で全てを棒に振るとは度し難《がた》い‼　万死に値する‼」

激昂《げきこう》するチェザリーニにエトナは微笑で応える。

「そうでしょうね――」

エトナもこうすれば誰も助からないことは理解していた。自分もフラッドもアリスも。けれど、アリスを犠牲にして自分とフラッドが助かるくらいなら、最後までアリスに希望をもたせたまま皆で逝くほうがいい。

きっとフラッドもそう思ってくれているだろう。と、覚悟していた。

「フラッド様‼　聞いていましたね⁉　私とアリス様が死んでもいいんですか⁉　私の主なら気張ってください‼」

「ふらっどぉ！　がんばぇ‼」

「浅ましい‼　殉教以外で私は斃《たお》されることはないのです‼」

激怒するチェザリーニだったが──

パアァ──

消し飛んだ天井から、神々《こうごう》しい光輝が降り注ぎフラッドの身を包む。

「──」

フラッドの髪色が金から白銀へと変わり、深紅の瞳は炯々《けいけい》と輝きをまし、全身が純白の魔力に包まれ、傷ついた体や服が癒えていく──

「フラッド様……？」

「めがみのそう──？」

エトナとアリスが驚きに目を見張る。

「──」

カッ──‼

純白の魔力に包まれたフラッドが右手をかざすと純白の魔力が照射され、チェザリーニの魔力照射が徐々に押し返されはじめる。

「はっ、はぁっ⁈　なんだそれはっ⁉　女神の相だと⁉　殉教は成されなかったはずなのに⁈」

チェザリーニが驚愕《きょうがく》の表情を浮かべる。

「フラッド様‼」

「ふらっどぉ‼」

二人の声援に呼応するかのようにフラッドの輝きがます。

「ばっ、ばかなっ⁈　なんだこれはっ⁈　違う‼　こんな展開は違う‼　貴方《あなた》が英雄になってどうする⁈　主役はアリスだぞ‼　アリスが神となるための筋書きを端役《はやくご》如きが書き換えるつもりか⁉」

ぶつかり合う純白と漆黒の魔力。拮抗《きっこう》するように見えたのは一瞬だけ、白が黒を消し去っていく――

「どうしてだ‼　ふざけるなぁ‼　なんだその力は⁉　女神の加護とでも言うのか⁉　どうしてアリスではなく貴方のような俗物に⁈」

純白の魔力がチェザリーニの魔力照射を打ち消してチェザリーニが展開させていたバリアにヒビが入る。

「アリスは教皇如きで終わる器ではない‼　私が神にする‼　神になるのだああああああ‼‼」

バリアは突き破られ、神の雫《しずく》は粉々に砕け散り、チェザリーニは純白に飲み込まれた。

ベルクラント郊外――

「ふむ……死んだか。やはり大言壮語するだけの輩《やから》であったな。魔法を何種類も使えるといったところで、それだけだ。大道芸の域を出ることはなかったな」

カリギュラの前には炭化した、人ですらない物体があった。

周囲一帯が焼け焦げ、抉《えぐ》れた大地に、砕けた岩石が戦闘の激しさを物語っているが、カリギュラの体には傷一つついていなかった。

「だから口先だけの男は嫌いなのだ。さて、いい頃合いか？　ベルクラントの顛末《てんまつ》を見に行くとしよう。行くぞロデム――」

【ガウッ――！】

カリギュラは服についた埃《ほこり》を払うと、風に吹かれ散り消える炭となったフードの男を一《いち》瞥《べつ》することもなくその場を後にした。

アルビオン宮殿――

「はっ……！　どうなって……？」

「フラッド様……」

《生存本能》が解除されたフラッドは、髪の色も目の色も共に戻り、目の前の惨状を見て驚きの声を上げ、ことの顚末をエトナから聞いた。

「なるほど……」

「ああ……あああああ……」

仰向けに倒れた絶望に染まるチェザリーニが諦めきれずうめき声を洩《も》らす。その命は終わりを迎えようとしていた。

「アリスを神に……どうして……神よ……」

「アリスを本当に想《おも》うなら、神にしようとするのではなく、親としてそばにいることを、愛すること選ぶべきじゃなかったのか？」

「親……？　親を知らぬ私が……愛を……？」

フラッドは答えず、アリスを見た。

「じーじ……」

アリスが倒れるチェザリーニの手を握る。

「――」

チェザリーニは言葉を失う。

「じーじ……」

「その温かさが、愛じゃないと思うか？」

フラッドの言葉を受け、チェザリーニはアリスを見る。

「……アリス」

「じーじ……っ、しないでっ」

その一言は、なによりも深くチェザリーニの心を打った。

「アリス……私は……アリスを……殺そうと……」

「ゆるすよっ。だって、じーじのおかげで、いまのありすがあるからっ。じーじ、ありがとう……っ」

アリスを女神にさせたかった。だがそれは、人として、子として、孫としてアリスを愛していたからではないのか？　歪《ゆが》んだ親心の果てがアリスへの神格化だった。と、その事実に気が付き、自身が内から砕かれる。

「……アリス、ああ……アリス……っ」

チェザリーニは今まで理解しえなかった愛を理解し、涙があふれる。

「そうだ……アリスと過ごす時間は……楽しかった――」

っていた。

嘘《うそ》ではない。アリスと接していた気持ちは本心だった。実の子のように、孫のように思っていた。

今なら声を大にして愛していたと断言できる。

けれど天秤《てんびん》にかけ、アリスを神にすることを選んでしまった。

それが天秤にかけるまでもない、釣り合いなど到底とれるわけがない間違いだったと、最後の最後にならなければ気付けなかった自分がつくづく愚かしい。

「…………」

ネロやセレスや子供たちを巻き込んで、罪無き人々を殺させてしまった。私は大罪人だ。サク＝シャよ……どうか、私をお裁きください。罪は私だけにあります。どうか我が子らはお赦《ゆる》しください。私はどのような罰でもお受けします――

「私は……罪深過ぎる……」

「じーじ、だいすき……っ」

アリスの無垢《むく》さに、罪悪感に心を打ちのめされるチェザリーニ。

どうして自分は目の前の少女を愛し、成長を喜んであげる道を選ばなかったのか？

幸福な道は最初から目の前にあったというのに――

「ああ……。私も……愛しているよアリス……」

「じーじ……っ」

アリスの結婚式の神官を務めたかった。

アリスの子を、ひ孫のような存在を抱いて祝福したかった。

次から次へと、ありえたが、もうありえない未来が脳内を駆け巡る。

「これが……罰か……」

最後まで狂させてくれれば悔いもなく死ねたというのに……。だが、これでよかった

──


「じーじ……わたしをひとりにするの……？　わたしはまたひとりになっちゃうの……？

さみしいよ……こわいよ……ひとりは……やだよ……！」

思いもしなかったアリスの弱音にチェザリーニは驚き、同時に今になってやっと理解する。アリスは頭がいいだけのただの子供なのだ、と。

「……アリス……アリスは一人じゃない。皆から愛されている。だから……大丈夫……」

「わたしはっ、おやからもっ……じーじからもすてられたらっ……また……ひとりぼっち……っ」

秘めていた孤独な本心を吐露し涙を流すアリス。

「…………ッ」

もう指先一つ動かない。体は死を迎えている。意識があるだけで奇跡。それも数秒もてばいいほうだろう。それでも——

チェザリーニは最後に魂で体を動かしアリスを抱きしめた。

「っ！　じーじ……っ」

心臓は停止し、血は巡らず、体から熱が失われ硬直が始まっている。だが魂はまだ生き、体を動かす。やっと理解できた愛を伝えるために。傷つけてしまった。悲しませてしまった。泣かせてしまった愛し子《いとご》へ僅かでも贖罪《しょくざい》するために。

「アリス……愛しています……」

今はただ、愛を、この確かな感情を伝えたい。そのためだけにチェザリーニは死体となっている自身に鞭《むち》を打つ。

「………………」

心の芯まで響く言葉に、嘘ではないとアリスは理解し頷《うなず》く。

「うん……っ」

「私はアリスを愛しています……」

もう一度、強く愛を口にする。

「うん……！」

アリスがチェザリーニを抱きしめ返す。強く、強く。力いっぱい。

「ああ……アリス……可愛《かわい》い我が子……すまない……」

力が尽き、チェザリーニが仰向けに倒れる。

「じーじ！」

アリスの声が末期《まつご》の耳に響く。朦朧《もうろう》とする意識の中、チェザリーニが最後の望みを口にする。

「アリス……可愛いアリス……笑顔を……どうか……」

「うんっ……うんっ……！」

涙でぐしゃぐしゃになりながらも笑顔を浮かべるアリス。

「ああ……。なんて……可愛いんだ……。アリス……幸せに……なるんだよ。サク＝シャよ……純白の女神よ……どうか……アリスをお守りください……。無垢なこの子に祝福を……永遠の……相《そう》の……下に……」

願い、チェザリーニは静かに息を引き取った。

声もなく涙を流すアリスの肩にフラッドとエトナがそっと手を置く。

「チェザリーニ殿は、アリスのおかげで最後の最後で敬虔《けいけん》な神官に、アリスを愛す親になれた。救われたんだ」

「アリス様が救ったんですよ」

「…………。うん……なら……」

よかった。と、アリスは続けられず、あふれる涙と嗚咽《おえつ》を止められなかった。

# エピローグ

　チェザリーニの乱が終結したベルクラントは、アリス指導の下、各国から支援を受けつつ、フラッドやフロレンシアやカリギュラといった有能な人材（フラッド以外）に補佐されながら、災害とクーデターで荒廃した都市の復興に務めた。

　離宮・謁見の間――

「ふらっど・ゆーの・ふぉーかすを、せいきし《聖騎士》ににんめいする」

　教皇アリスから聖騎士に叙されるフラッド。

「謹んで、拝命いたします」

　本当は聖人認定が決まりかけていたが、フラッドは断固として辞退し、妥協点として聖騎士に叙されることとなった。

　そうしてここにドラクマ王国貴族、聖騎士フラッド・ユーノ・フォーカス辺境伯が誕生した。

公称はパラディンフォーカスもしくはパラディンフラッドである。

叙任記念パーティー後、アリスの私室――

そこにはアリス、フラッド、エトナ、ディー、カイン、リンドウ、カリギュラ、フロレンシア、サラ、セレスという錚々《そうそう》たるメンツが顔を揃《そろ》えていた。

「フラッド！　聖騎士になるとは流石《さすが》ですわ！　これで私たちの間の障害はなにもなくなりましたわね！」

喜びつつフロレンシアが頰を染める。この世界《テラー》では、王侯貴族よりも聖職者のほうが階級が高いとされているため、聖騎士に任じられたフラッドは、名目上王族と同等以上となっており、貴賤《きせん》婚問題も解消できるようになっていた。

「ははは、それは流石に畏れ多いですよ殿下」

「そうだぞドラクマの。それを言ったら私の婿にもフォーカスはぴったりじゃないか」

浮かれるフロレンシアにカリギュラが釘《くぎ》を刺す。

「カリギュラ殿下、これは内政のことですので干渉は不要ですわ」

「なに、フォーカスが我が婿となればビザンツとドラクマは盟友関係となれる。その利点が分からぬほどお前は愚かではあるまい？」

「フォーカス卿《きょう》がビザンツに婿入りすることほど、世界の危機はございませんわ。それほどフォーカス卿を求められるのなら、臣籍降下する覚悟もあると示してくださいませ。でなければ、私はカリギュラをライバルとは認めませんわ」

フロレンシアの真《ま》っ直《す》ぐな挑戦状に対し、カリギュラは快活な笑みを浮かべた。

「はっはっはっはっ‼　なるほど、それはそうだなドラクマの。お前の言尤《げんもっと》もだ。だが私は私なりの思惑がある。そうするワケにはいかんのだ」

バチバチと火花を散らす二人を背に、アリスがサラのことをジッと見る。

「じー……」

「どうされましたアリス様？」

サラが穏やかな笑みを返す。この場にいる者は皆アリスの素を知っていた。

「まま！　ままー！」

そう言ってアリスがサラに抱き着く。

「あらあら～。カインに可愛い妹ができましたね～」

アリスを優しく抱きしめ返して頭を撫《な》でるサラ。

「流石はサラだ……！　そのあふれ出る母性でほぼ初対面のアリスのママになってしまうとは……！」

「ど、どういうことですか……？」

「そういうことですカイン様。可愛い妹ができてよかったですね」

「え、ええ？　は、はい……？」

驚くフラッドと乗じるエトナと動揺するカイン。

「アリス～？　サラがママなら俺は～？　俺はなんだ～？」

「ふらっどはふらっど！」

「なるほど！　たしかに俺はフラッドだ！」

「セレスさん、本当によろしいのですか？」

カリギュラとのやりとりを終えたフロレンシアがセレスを気遣う。

「はい。お気遣いありがとうございます殿下。ですがこの傷は、私の兄であり、弟であった男の忘れ形見。ああみえて寂しがり屋でしたからね……。残しておこうと思います」

胸から腹にかけてできた刀傷を服の上から慈《いつく》しむように撫でるセレス。

「ネロ殿は最後までセレス殿を案じていた。大司教殿への忠義と、貴女《あなた》への親愛の狭間《はざま》が、その一刀なのでしょうな」

「リンドウ様……。ありがとうございます。ネロも貴女のような誇り高い武人に討たれたことは、せめてもの救いだったことでしょう」

「だったら嬉《うれ》しいですな……」

リンドウが神妙に頷く。

「エトナよ、あのフードの男は死んだぞ」

カリギュラの言葉にエトナが驚く。

「おお……それは朗報ですね」

「朗報か……。自分を害そうとした輩《やから》は死以外では贖《あがな》えぬと？」

試すようなカリギュラの視線にエトナは首を横に振る。

「いえ、私のことはどうでもいいのです。私をダシにフラッド様を害そうとしたことが、万死に値するのです」

クックックッとカリギュラがエトナを認めるように笑う。

「なるほどな。あの男にしてこの従者あり、か。うむ、とてもいいぞ。これでフォーカスに借りは返せたかな？」

フラッドはアリスをお姫様抱っこして、微笑《ほほえ》むサラやセレスやフロレンシアたちに見守られている。

「私は殿下に借りができました」

「そう思うなら、フォーカスが私と結ばれるよう便宜を図ってはくれぬか？」

「…………」

エトナは答えぬままペコリと頭を下げ、カリギュラは笑った。

「それで、フラッド様、今度は聖騎士なんてなっちゃいましたけど、今からでもやり直しますか？」

エトナはフラッドの横に歩み寄ると、そう囁《ささや》いた。

「誰がやり直すか――‼」

フラッドが叫び、皆がフラッドを見る。

「俺は自分の行いを悔いたこともないし悪いと思ったこともない！」

フラッドの言葉に皆が思い思いの反応をする。

エトナはすまし顔で、ディーはしたり顔で、サラは微笑んで、カインはびっくりして、フロレンシアは小さく驚いて、カリギュラは笑って、アリスは楽しそうな満面の笑みで、リンドウは闊達《かったつ》に笑って、セレスは小さく頷《うなず》いて。

「俺はやり直さないし、反省しない、反省しないんだ――‼」

# あとがき

桜が咲く季節を迎えるたびに、感慨が深くなる桜生懐《さくらいかい》でございます。

本書をお手にとってくださった貴方様《あなた》に、この桜生、心より感謝申し上げます。

また、カクヨム版でも温かなコメントやご声援をくださった皆様、本当にありがとうございます。

ありがたくも本書の二巻が発売することができましたこと、全て貴方様、皆様のおかげでございます。

あとがきということですので、少し裏話をお話しさせていただきたく思います。

二巻のメインキャラとも言えるアリスですが、構想段階では教皇ではなく【神託の巫女《みこ》】という幼女巫女の予定で、教皇は教皇で別の女傑キャラを用意していたのですが、担当編集林《はやし》氏から「幼女教皇って字面《じづら》めっちゃ強くないですか?」とアドバイスいただき「たしかにめっちゃ強そう!」と感心し、そうして幼女教皇アリスが誕生したのです。

一巻より引き続きイラストを担当してくださったへりがる先生。私の拙い語彙や表現力では表しきれない、素晴らしいイラストを本当にありがとうございます。

二巻も書籍化させてくださいましたファンタジア文庫様、本当にありがとうございます。

担当の林様、私一人では決して為《な》しえませんでした。様々なご尽力、本当にありがとうございます。

そして貴方様。桜生は、また貴方様とお会いすることができるよう、全力を尽くします。

最後に、本書が貴方様の日々の生活の中での、笑顔や楽しみの一助になることができましたら、この桜生、悔いはございません。

私に生きる意味を与えてくださった貴方様にご健勝とご多幸がありますように。

そしてまた貴方様とお会いできる日を心より願っております。

たくさんの愛をこめて　桜生懐

富士見ファンタジア文庫

# やり直《なお》し悪徳領主《あくとくりょうしゅ》は反省《はんせい》しない！2

令和６年６月20日　初版発行

著者――桜生《さくらい》懐《かい》

発行者――山下直久

発　行――株式会社KADOKAWA
〒102-8177
東京都千代田区富士見2-13-3
0570-002-301（ナビダイヤル）

印刷所――株式会社暁印刷

製本所――本間製本株式会社



ISBN978-4-04-075445-1 C0193　◇◇◇

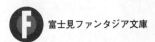

これは世界を救う

久遠崎彩禍。三〇〇時間に一度、滅亡の危機を迎える世界を救い続けてきた最強の魔女。そして――玖珂無色に身体と力を引き継ぎ、死んでしまった初恋の少女。

無色は彩禍として誰にもバレないよう学園に通うことになるのだが……油断すると男性に戻ってしまうため、女性からのキスが必要不可欠で!?

シン世代ボーイ・ミーツ・ガール!

# 王様のプロポーズ 1

King Propose

橘公司
Koushi Tachibana
[イラスト]――つなこ

最強の初恋
シリーズ
好評発売中!
ファンタジア文庫

世界最強の
“不可能任務”に挑む少女たちの
痛快スパイファンタジー！
スパイ
教室
竹町
illustration
トマリ

切り拓け！キミだけの王道
ファンタジア大賞
原稿募集中！
賞金
《大賞》300万円
《金賞》50万円
《銀賞》30万円
選考委員
細音啓 「キミと僕の最後の戦場、あるいは世界が始まる聖戦」
橘公司 「デート・ア・ライブ」
羊太郎 「ロクでなし魔術講師と禁忌教典《アカシックレコード》」
ファンタジア文庫編集長
前期締切 8月末日
後期締切 2月末日
公式サイトはこちら！ https://www.fantasiataisho.com/
イラスト／つなこ、猫鍋蒼、三嶋くろね